Weihnachten
mit Strittmatter

»Vor Weihnachten«

Kreidelithographie von Gustav Feckert, um 1860.

Weihnachten mit Strittmatter

Aufbau-Verlag

Herausgegeben
von Reinhard Rohn

ISBN 3-351-02907-1

3. Auflage 2004

Der Abdruck der Lithographie
erfolgt mit freundlicher Genehmigung
des Archivs für Kunst und Geschichte, Berlin
Druck und Binden Ebner & Spiegel, Ulm
Printed in Germany

www.aufbau-verlag.de

Inhalt

Der Weihnachtsmann in der Lumpenkiste

In meiner Heimat gingen am Andreastage, dem 30. November, die Ruprechte von Haus zu Haus. Die Ruprechte, das waren die Burschen des Dorfes, in Verkleidungen, wie sie die Bodenkammern und die Truhen der Altenteiler, der Großeltern, hergaben. Die rüden Burschen hatten bei diesen Dorfrundgängen nicht den Ehrgeiz, friedfertige Weihnachtsmänner zu sein. Sie drangen in die Häuser wie eine Räuberhorde, schlugen mit Birkenruten um sich, warfen Äpfel und Nüsse, auch Backobst, in die Stuben und brummten wie alte Bären: »Können die Kinder beten?«

Die Kinder beteten, sie beteten vor Furcht kunterbunt: »Müde bin ich, geh zur Ruh ... Komm, Herr Jesu, sei unser Gast ... Der Mai ist gekommen ...« Lange Zeit glaubte ich, daß das Eigenschaftswort »ruppig« von Ruprecht abgeleitet wäre.

Wenn die Ruprechthorde die kleine Dorfschneiderstube meiner Mutter verließ, roch es in ihr noch lange nach verstockten Kleidungsstücken, nach Mottenpulver und reifen Äpfeln. Meine kleine Schwester und ich waren vor Furcht unter den großen Schneidertisch gekrochen. Die Tischplatte schien uns ein besserer Schutz als unsere Gebetchen zu sein, und wir wagten lange nicht hervorzukommen, noch weniger das Dörrobst und die Nüsse anzurühren.

Diese Verängstigung konnte wohl auch unsere Mutter nicht mehr mit ansehen, denn sie bestellte im nächsten Jahr die Ruprechte ab. Oh, was hatten wir für eine mächtige Mutter! Sie konnte die Ruprechte abbestellen und dafür das Christkind einladen.

Jahrsdrauf erschien bei uns also das Christkind, um die Ruppigkeit der Ruprechte auszutilgen. Das Christkind trug ein weißes Tüllkleid und ging in Ermangelung von heiligweißen Strümpfen – es war im ersten Weltkrieg – barfuß in weißen Brautschuhen. Sein Gesicht war von einem großen Strohhut überschattet, dessen breite Krempe mit Wachswatte-Kirschen garniert war. Vom Rande der Krempe fiel dem Christkind ein weißer Tüllschleier übers Gesicht. Das HOLDE HIMMELSKIND sprach mit piepsiger Stimme und streichelte uns sogar mit seinen Brauthandschuhhänden. Als wir unsere Gebete abgerasselt hatten, wurden wir mit gelben Äpfeln beschenkt. Sie glichen den Goldparmänen, die wir als Wintervorrat auf dem Boden in einer Strohschütte liegen hatten. Das sollten nun Himmelsäpfel sein? Wir bedankten uns trotzdem artig mit DIENER und KNICKS, und das Christkind stakte gravitätisch auf seinen nackten Heiligenbeinen in Brautstöckelschuhen davon.

Meine Mutter war zufrieden. »Habt ihr gesehn, wie's Christkind aussah?«

»Ja«, sagte ich, »wie Buliks Alma, wenn sie hinter einer Gardine hervorlugt.«

Buliks Alma war die etwa vierzehnjährige Tochter aus dem Nachbarhause. An diesem Abend sprachen wir nicht mehr über das Christkind.

Vielleicht kam die Mutter wirklich nicht ohne den Weihnachtsmann aus, wenn sie sich tagsüber die nötige Ruhe in der Schneiderstube erhalten wollte. Jedenfalls erzählte sie uns nach dem mißglückten Christkindbesuch, der Weihnachtsmann habe nunmehr seine Werkstatt über dem Bodenzimmer unter dem Dach eingerichtet. Das war eine dunkle, geheimnisvolle Ecke des Häuschens, in der wir noch nie gewesen waren. Eine Treppe führte nicht unter das Dach. Eine Leiter war nicht vorhanden. Die Mutter wußte geheimnisvoll zu berichten, wie sehr der Weihnachtsmann dort oben nachts, wenn wir schliefen, arbeitete, so daß uns das Umhertollen und Plappern vergingen, weil sich der Weihnachtsmann bei Tage ausruhen und schlafen mußte.

Eines Abends vor dem Schlafengehn hörten wir den Weihnachtsmann auch wirklich in seiner Werkstatt scharwerken, und die Mutter war sicher dankbar gegen den Wind, der ihr beim Märchenmachen half.

»Soll der Weihnachtsmann Tag für Tag schlafen und Nacht für Nacht arbeiten, ohne zu essen?«

Diese Frage stellte ich hartnäckig.

»Wenn ihr artig seid, ißt er vielleicht einen Teller Mittagessen von euch«, entschied die Mutter.

Also erhielt der Weihnachtsmann am nächsten Tage einen Teller Mittagessen. Mutter riet uns, den Teller an der Tür des Bodenstübchens abzustellen. Ich gab meinen Patenlöffel dazu. Sollte der Weihnachtsmann mit den Fingern essen?

Bald hörten wir unten in der Schneiderstube, wie der Löffel im Teller klirrte. Oh, was hätten wir dafür gegeben, den Weihnachtsmann essen sehen zu dürfen! Allein, die gute Mutter warnte uns, den alten wunderlichen Mann zu vergrämen, und wir gehorchten.

Von nun an wurde der Weihnachtsmann täglich von uns beköstigt. Wir wunderten uns, daß Teller und Löffel, wenn wir sie am späten Nachmittag vom Boden holten, blink und blank waren, als wären sie durch den Abwasch gegangen. Der Weihnachtsmann war demnach ein reinlicher Gesell, und wir bemühten uns, ihm nachzueifern. Wir schabten und kratzten nach den Mahlzeiten unsere Teller aus, und dennoch waren sie nicht so sauber wie der Teller des HEILIGEN MANNES auf dem Dachboden.

Nach dem Mittagessen hatte ich als Ältester, um meine Mutter in der nähfädelreichen Vorweihnachtszeit zu entlasten, das wenige Geschirr zu spülen, und meine Schwester trocknete es ab. Da der Weihnachtsmann sein Eßgeschirr in blitzblankem Zustande zurücklieferte, versuchte ich, ihm auch das Abwaschen unseres Mittagsgeschirrs zu übertragen. Es glückte. Ich ließ den Weihnachtsmann für mich abwaschen, und meine Schwester war nicht böse, wenn sie die zerbrechlichen Teller nicht abzutrocknen brauchte.

War's Forscherdrang, der mich zwackte, war's, um mich bei dem Alten auf dem Dachboden beliebt zu machen, ich begann ihm außerdem auf eigene Faust meine Aufwartungen zu machen.

Bald wußte ich, was ein Weihnachtsmann gern aß: Von einem Rest Frühstücksbrot, den ich ihm hinaufgetragen hatte, aß er nur die Margarine herunter. Der Großvater schenkte mir ein Zuckerstück, eine rare Sache in jener Zeit. Ich brachte das Naschwerk dem Weihnachtsmann. Er verschmähte es. Oder mochte er es nur nicht, weil ich es schon angeknabbert hatte? Auch einen Apfel ließ er liegen, aber eine Maus aß er. Dabei hatte ich ihm die tote Maus nur in der Hoffnung hingelegt, er würde sie wieder lebendig machen; hatte er nicht im Vorjahr einen neuen Schweif an mein altes Holzpferd wachsen lassen?

So, so, der Weihnachtsmann aß also Mäuse! Vielleicht würde er sich auch über Heringsköpfe freuen. Ich legte drei Heringsköpfe vor die Tür der Bodenstube, und da mein Großvater zu Besuch war, hatte ich sogar den Mut, mich hinter der Lumpenkiste zu verstecken, um den Weihnachtsmann bei seiner Heringskopfmahlzeit zu belauschen. Mein Herz pochte in den Ohren. Lange brauchte ich nicht zu warten, denn aus der Lumpenkiste sprang – murr, marau – unsere schwarzbunte Katze.

Ich schwieg über meine Entdeckung und ließ fortan meine Schwester den Teller Mittagessen allein auf den Boden bringen.

Bis zum Frühling bewahrte ich mein Geheimnis, aber als in der Lumpenkiste im Mai, da vor der Haustür der Birnbaum blühte, vier Kätzchen umherkrabbelten, teilte ich meiner Mutter dieses häusliche Ereignis so mit: »Mutter, Mutter, der Weihnachtsmann hat Junge!«

Das Silberpferd steht im verschneiten Wald

Der Winter holte Atem. Vor Weihnachten hob er seine Schneedecke und sah nach, ob darunter schon alles erfroren wäre. Bis auf die zähe Vogelmiere im Garten und einige Büschel Schafschwingel auf dem Kiesberg war alles erfroren. Der Schafschwingel hatte im Schutze der Haselbüsche den weißen Tod überstanden. Er zitterte im Winde. Pedro gierte über den Koppelzaun. Ich ließ ihn hinaus.

»Hol dir die Hälmchen! Bleib in der Nähe!«

Der Hengst stürzte sich auf das spärliche Graugras.

Kaum saß ich vor meiner Schreibarbeit und begann mich mit meinem Romanhelden über sein letztes Abenteuer zu unterhalten, da sah ich den Hengst durch das Wiesental stieben. Renn nur, dacht ich, gleich wirst du am Bach sein. Die Welt hat auch solche Zäune.

Der Bach war zugefroren. Eine Schneedecke lag auf dem dünnen Eis. Pedro sah darin kein Hindernis für seinen Freiheitsgalopp. Die Eisdecke brach. Klatschklirr, mein Hengst verschwand im Bach. Eine Weile war nichts von ihm zu sehn. Das jenseitige Bachufer ist steil. Ich wurde unruhig und lief hinaus. Ein Pladdern und Rauschen, als ob eine Schar Wildenten vom Wasser aufstiege: Der Hengst sprang aus dem Bach. Pedro sah verwundert in die Welt. Sein Schwanz war durchnäßt und dünn wie der Schnurrbart des Postboten, wenn es regnet. Pedro schüttelte sich, feuerte nach einem unsichtbaren Feind aus, galoppierte wieder an, durchquerte das Wiesental und verschwand im dichten Wald.

Ich schwang mich aufs Fahrrad. Im Wald lag der Schnee noch dick. Ich mußte zu Fuß weiter. Eine Naht aus Hengsttapfen führte durch eine Schneise. Die Eichelhäher erzählten aufgeregt vom »hornlosen Hirsch«, der schnaubend durch den Wald stampfte. Aus der Schneise führte die Hengstspur in den Hochwald. Ich konnte ablesen, wo Pedro getrottet, getrabt, galoppiert war oder wo er gestanden und gerupft hatte.

Nach einer Viertelstunde führte die Hengstspur

wieder zur Schneise, ging dort eine Weile geradeaus und schwenkte dann nach links heraus. Ich schwitzte, stampfte durch den Schnee und gelangte nach einiger Zeit wieder auf die Schneise. So durchlief ich vier von Pedros Suchkreisen. Diese Kreise wurden größer und größer. Der letzte stieß auf eine zweite Schneise, aus der wir einmal Holz abgefahren hatten. Auf dem Platz, an dem wir unsere Fuhre geladen hatten, stand Pedro und rupfte Heidekraut. Das Bachwasser war in seinem dichten Winterhaar zu Eiskristallen erstarrt. Ein Grauschimmel stand im Wald. Der Winter hatte den Hengst in seine Waldgemächer gelockt und verzaubert. Pedro warf den Kopf hoch, brummelte in Wiedersehensfreude, ließ sich packen und ging wie ein Schaf nach Hause.

Hätte der Hengst ohne mich heimgefunden? Ja. Wie die Brieftauben in der Luft, so trieb Pedro es auf der Erde. Werden die Tauben an einem unbekannten Ort aufgelassen, so ziehen sie Spiralenkreise. Sie erweitern die Kreise, bis eine der Kreislinien auf einen Ort stößt, den sie kennen. Von diesem Ort fliegen sie stracks in den Heimatschlag. Ich hätte mich nicht um Pedro zu sorgen brauchen. Er ist ein Brieftauben-Pferd.

Weihnachten zieht vorüber

Weihnachten zieht vorüber und streut seinen Duft in die Stuben. Der Schnee wird dichter, der Frost grimmiger. Die Tage schleichen wie auf dicken Pantoffeln über die Erde. Die Not der Vögel wächst. Die geplusterten schwarzen Saatkrähen klopfen an mein Fenster und stehlen die Speckschwarten, die ich für die Meisen ausgehängt habe. Der Hunger macht sie zutraulich. »Ich kann nicht das ganze Schweinschlachten an euch ausfüttern«, sage ich den Krähen. »Ihr müßt Kartoffeln fressen.« Die Krähen sagen nicht ja und nicht nein, aber sie fressen auch Kartoffeln. Sie können sich ja selbst Speck davon machen, wie es die Schweine tun.

Ich habe mir zu Weihnachten ein Gedichtbuch gewünscht, aber ich habe keins bekommen.

»So ein Dreck wärmt nicht«, sagte der Großvater.

Ich bekam eine neue Mütze, an die gleich Ohrenklappen genäht sind, und einen neuen Anzug. Es ist gut, daß ich keinen Mantel bekam. Ein Mantel ist nur lästig. Man muß ihn ausziehen, wenn man Schneeballschlacht macht, sonst verliert man. Es ist auch gut, daß mir niemand ein Fahrrad geschenkt hat. Der Kimpel-Fritz soll eins bekommen haben. Wie will er im tiefen Schnee damit fahren?

Die Ferientage sind grau und langweilig. Was soll ich tun? Ich habe kein Buch, deshalb freu ich mich auf den Beginn der Schule. Großmutter sagt nichts mehr vom Schulverein. Sie hat einen Abend lang Freudenflügel gehabt, jetzt sind sie verkümmert. Der Großvater hat vergessen, daß er mit ihr zum Doktor fahren wollte. Er wird doch nicht mit dem Wagen durch den dicken Schnee karren und Bläker abschinden.

Auch in Großvaters Schnurrbart hat sich der Winter eingenistet. Die weißen Haare im Bart nehmen zu. Er geht wie ein Eisheiliger durch das Haus. Wo er erscheint, erstirbt das Lächeln. Die Freundschaft läßt Großvater Spießruten laufen. Murmelauge und der große Schuricht haben im Dorf erzählt, daß der freche Kimpel in der Andreasnacht endlich seine fällige Tracht erwischt hat. Mit dem eigenen Ziemer hat er's bekommen. Der alte Kraske hat den Ziemer tanzen lassen. Der Fritz hat dem Kahlwicht nichts davon erzählt, aber der Kahlwicht hat es anderweitig erfahren. Er hat mehr als zwanzig Ohren. Die Ohren treibt er mit Schnaps an.

Dieser Ziemer, ja! Wir waren zur Pionierfeier, und Großvater ging zur Freundschaft. Sie ließ ihn rufen. Er holte den Ochsenziemer aus seinem Versteck auf dem Heuboden und steckte ihn in seinen Joppenärmel. Bei Kimpels warf er ihn über den Gartenzaun, ehe er ins Haus ging.

Die beiden Kimpel spielten »Mensch, ärgere dich nicht«. Der Kahlwicht hatte das Spiel bei seiner letzten Fahrt aus Schöneberg mitgebracht. Der Kimpel-Kahlwicht war freundlich zum Großvater wie immer. Er bat ihn mitzuspielen und schenkte fleißig ein. Es wurde spät, und draußen heulten und jifften die Hunde. Sie spürten wohl den Fuchs, der im Schnee um die Ställe strich. Der Kahlwicht fühlte sich durch das Hundegejaul beim Zusammenrechnen der Würfelaugen gestört. Er wollte mit dem Ochsenziemer auf die Hunde. Der Ziemer war nicht da.

»Wo ist der Ziemer?« fragte der Kahlwicht den

Sohn. »Hast du ihn nicht mit auf die Ruprechttour genommen?«

»Ja.«

Der Großvater begann unruhig auf seinem Platz hin und her zu rutschen. Der Kahlwicht funkelte seinen Fritz an. »Hast du den Ziemer unterwegs liegenlassen?« Fritz hob die Schultern.

»Jaja, die Kinder«, unterbrach der Großvater mit zuckendem Gesicht das Verhör. »Was nicht angewachsen ist, lassen sie liegen. Aber wir waren am Ende nicht anders, Meister Kimpel, sa, sa, sa. Summa summarum: Wer sucht, sieht übers Gesuchte hinweg. Manchmal ist auch etwas gar nicht weg. Es findet sich nach der Zeit wieder an.«

»Wenn er ihn liegenließ, kann ich die Leute nicht verstehen, die ihn mir nichts, dir nichts behalten. Das ist ja ... das ist ... Fundunterschlagung ist es«, sagte der Kahlwicht.

Der Kimpel-Fritz stierte den Großvater an. Der Großvater meinte, eine stille Freude durch das Gesicht des Jungen huschen zu sehen. Er wußte nicht, ob er froh darüber sein sollte, den Fritz geschlagen zu haben, oder ob er es aufrichtig bereuen müßte.

»Wen ich mit dem Ziemer antreff, mit dem mach ich Knüppelausdemsack!« schloß der Kahlwicht das unangenehme Verhör.

So ungewiß ist die Freundschaftslage. Die Ungewißheit höhlt den Großvater von innen aus.

»Ob der Meister Kimpel seinen Ziemer wiedergefunden hat?« fragt er mich.

»Wo soll er ihn gefunden haben? Auf unserem Heuboden?«

Klatsch! Auf diese Weise bekomme ich auch vom Großvater eine Ohrfeige. Ich heule auf, damit mir die Großmutter zu Hilfe kommt.

»Wie bei den Wilden, wie bei den Wilden!« zetert die Großmutter. »Die Hand soll dir aus dem Grabe wachsen, mit der du den Jungen schlägst!«

Ich renne brüllend in meine Kammer und wälz mich auf meinem Bett. Ich sehe die Hand des Großvaters aus dem Grabe wachsen. Da wird er schon sehen, was er davon hat. Es dauert mir zu lange, bis der Großvater gestorben ist. Was soll ich tun, damit er sich jetzt schon ärgern muß. Ich werde ruhiger. Man kann besser überlegen, wenn man nicht schreit. Ich finde etwas, was den Großvater ärgern wird.

Ich gehe zu Murmelauge. Murmelauge hat zu Weihnachten einen Baukasten bekommen. Im Kasten sind kleine Blechschienen. Man kann sie mit Schrauben zusammenleimen und einen Traktor oder eine Lokomotive bauen.

»Willst du mitbauen, Tinko? Du kannst mir die Schrauben zureichen. Ich baue einen Aufzug.«

»Ich kann nicht mitspielen. Ich komme geschäftlich.«

Murmelauge stutzt und legt den Schraubenschlüssel beiseite. »Willst du Schularbeiten abschreiben?«

»Ich will keine Schularbeiten abschreiben. Ich will in die jungen Pioniere treten.«

»Willst du endlich eintreten?«

»Ich will, aber du mußt mir den Gruß hier beibringen, nicht vor allen anderen.«

»Weshalb willst du eintreten?«

»Ich will unseren Großvater ärgern.«

»Das geht nicht.«

»Gedichtbücher will ich auch lesen.«

»Das geht, aber du mußt die Unterschrift von deinem Großvater bringen.«

»Kann sie nicht von der Großmutter sein?«

»Nein, warte, du hast ja den Heimkehrer. Der Heimkehrer muß dir die Unterschrift geben. Er ist dein Vater.«

»Der Heimkehrer? Wir sind ein bißchen übers Kreuz. Ich war nicht zu seiner Hochzeit.«

»Das macht nichts. Er wird dir die Unterschrift geben. Er ist ein Genosse und ein Freund der Pioniere.«

»Ist er das?«

»Was ich dir sage.«

Stefanie schlittert mit anderen Mädchen auf dem Teich. Ich wink sie heran. »Stefanie, ich muß geschäftlich mit dir reden.«

»Willst du dein Weihnachtszeug abholen? Du hast Weihnachtszeug bei uns. Dein Anzug liegt noch von der Hochzeit da. Du holst dir nichts.«

»Ich wollte eure Schwelle nicht betreten.«

»Ich werd dir das Zeug herausholen. Du kannst draußen warten.«

Die anderen Mädchen sehen uns stehen. Sie höhnen herüber: »Ihr werdet euch wohl beide verheiraten?«

»Sei du ruhig, olle Kaldaunen, du gehst ja mit dem großen Schuricht.«

»Müßte mir einfallen, mit dem, der wischt sich die Nase am Rockärmel.«

»Mußt du ihm Taschentücher sticken.«

»Pööh, einen Sack bind ich ihm vor die Nase.«

Der Angriff ist abgewehrt. Stefanie will davon.

»Stefanie, horch her! Wird er mich hinauswerfen, wenn ich die Unterschrift von ihm will?«

»Welche Unterschrift?«

»Die Pionierunterschrift.«

»Er wird sie dir geben. Unser Vater wird sich freuen. Und dein Zeug, dein Weihnachtszeug kannst du mitnehmen.«

Fort ist Stefanie. Sie will nicht ein zweites Mal gehänselt werden. »Unser Vater«, hat Stefanie gesagt. Wie kann sie zu unserem Heimkehrer das sagen? Sie ist wohl ein bißchen verrückt!

Der Schnee treibt. Es wär wohl doch gut gewesen, wenn ich einen Mantel bekommen hätte. Nun stehe ich hier wie ein Fremdling und werde weiß vom Blasschnee. Der Wind wühlt in den Ästen der alten Bäume des Gutsparks. Die Leute im Gutshaus haben es gut. Sie sitzen in ihren warmen Stuben, und ich kann hier einhergehen und auf eine Unterschrift warten. Frau Clary und der Heimkehrer sind nach Hause gekommen. Ich sah, wie sie sich unter der Tür gegenseitig den Schnee von den Kleidern klopften. Der Heimkehrer strich Frau Clary die Schneesterne aus dem Haar. Er tat es mit der gleichen Hand, mit der er mir eine Ohrfeige ins Gesicht brannte. Sie sind in das alte Gutshaus geschlüpft und haben sich gekuschelt. Diese Menschen haben es gut. Sie haben die Unterschriften bei sich, die ein anderer nötig braucht, um seinen Großvater zu ärgern. Weshalb kann man sich keine Unterschriften im Konsum kaufen? Wenn ich groß bin, werde ich einen ganzen Sack voll Unterschriften machen. Ich werde ihn auf dem Dorfanger ausschütten. Alle Kinder, die Unterschriften brauchen, können sich davon holen, soviel sie mögen und brauchen.

Nanu, ist da nicht eben Stefanie aus der Tür gehuscht? Jawohl, es ist Stefanie. Ich brauche mich nicht zu verstecken. Sie wird denken, ich bin ein Schneemann, und vorbeigehen. Sie geht nicht vorbei.

»Bist du es, Tinko?« fragt Stefanie.

»Ich bin es, und ein Schneemann bin ich auch.«

»Hier stehst du nun, und dein Weihnachtsmantel liegt drin. Geh hinein. Ich komme auch gleich. Ich will nur schnell in den Konsum.« Stefanie hüpft davon.

»Stefanie, Stefanie!«

»Hast du gerufen, Tinko? Der Wind wühlt so.«

»Stefanie, kannst du mir ... ich kann nicht so hinein, wie ich bin, mit Schnee und alles zusammen. Kannst du mir die Unterschrift nicht herausbringen?«

Stefanie kommt ganz dicht heran. Sie hält den Kopf schief, um mir besser in die Augen sehen zu können. »Erst hol ich dir den Mantel heraus, dann gehe ich in den Konsum, und danach hole ich dir die Unterschrift!«

Schon rennt sie zum Gutshaus zurück.

»Stefanie, wenn aber euer Vater herauskommt und mich holen will, renne ich ab«, rufe ich in den Wind.

Es kommt niemand heraus. Sie legen keinen Wert auf meine Bekanntschaft. Stefanie ist ein verläßliches Mädchen. Warum hat mir der Himmel keine Schwester geschenkt? Sie bringt mir den Mantel. Sie breitet ihn aus. Ich soll hineinfahren.

»Ich kann doch hier so etwas nicht unentgeltlich annehmen, Stefanie.«

»Doch, du kannst es. Es ist dein Weihnachtsgeschenk von uns. Ich habe die Knöpfe angenäht und die Knopflöcher besäumt.«

»So etwas machst du nun. Ich werde den Mantel aber mit Schnee von innen ganz dreckig machen.«

Nein und nein. Ich muß den Mantel anziehen. Stefanie knöpft ihn mir auch noch zu. Ein Glück, daß es Inge Kaldaune nicht sehen kann. Sie würde gleich davon sprechen, wie sehr wir verheiratet sind. – Stefanie rennt in den Konsum. Ich fühl mich in meinem neuen Mantel so warm wie in einer kleinen Stube. Was werde ich zu Hause mit dem Mantel machen? Ich muß ihn heimlich auf den Heuboden hängen. Der Großvater darf ihn nicht sehen.

Stefanie kommt mit einem Päckchen Seifenpulver aus dem Konsum zurück. Sie geht wieder ins Haus und bringt mir einen Zettel heraus.

»Schönen Gruß und ›Seid bereit!‹ soll ich dir von unserem Vater sagen.«

»Kannst du den Gruß richtig, Stefanie?«

»Ich kann ihn.« Stefanie macht ihn mir vor. Sie hilft mir, ihn zu machen. Ihre Hände sind so weich wie die Tätzchen unserer Katze auf der Ofenbank. Sie führen meinen Arm nach oben und nach unten.

Sie fahren auch in meine Mantelärmel. »Jetzt hast du es schön warm da drinnen.«

»Ist es so richtig, Stefanie? – Seid bereit!«

»Immer bereit!« macht Stefanie. »Es ist ganz richtig, was willst du?«

»Du bist ... du bist ein ganz passables Weib«, sage ich zu Stefanie und renn davon. Jetzt brauche ich Murmelauge nicht mit dem Gruß zu belästigen.

Ich hänge meinen Mantel nicht auf den Heuboden. Einmal würde ihn Großvater dort doch entdecken. Vielleicht kann ich ihn ärgern, wenn ich ihm sage, von wem ich den Mantel habe. Er soll sich ärgern.

»Was hast du für einen Pfaffenrock übergeschmissen?« fragt der Großvater. Seine Augen rollen böse. Sein Bart ist gesträubt.

»Es ist ein Mantel.«

»Wo hast du sie her, diese Kutte?«

Ich wage nicht mehr, den Großvater zu ärgern. »Die Kutte ist ... sie ist von meiner Freundschaft.«

Das Gesicht des Großvaters erhellt sich. »Da kannst du sehen, daß man mit solchen Leuten immer rechnen kann, auch mitten im Winter. Es ist ein schöner Mantel, ein warmer Mantel, wie ich sehe. Mit dem kleinen Finger schenken solche Leute das in die Welt hinaus. Summa summarum: Eine Freundschaft wärmt. Hast du dich richtig abgedankt dafür?«

»Es war zuviel Schnee. Ich wollte ihnen nicht die Stube verdrecken.« Soll ich dem Großvater sagen, daß ich nicht seine Freundschaft im Sinne habe? Ich werde es nicht sagen. Mein Mantel wärmt mich. Ich kann damit zur Not im Schnee schlafen. –

Maskenbälle und Fastnachtsfeiern haben begonnen. Die großen Menschen vermummen sich wie die Kinder in der Andreasnacht. Sie möchten etwas sein, was sie sich im geheimen wünschen. Käte Kubaschk möchte gern Braut sein. Sie nimmt einen Schleier um und zieht sich ein Brautkleid an. So geht sie zum Maskenball. Der kleine Preppko hat einen verbogenen Rücken. Er möchte gern so rank sein wie die anderen Burschen. Er kauft sich eine Larve mit einem flotten Bärtchen und leiht sich einen schwarzen Tanzanzug. Die Jacke des Anzugs polstert er mit Werg, damit sein Rückenbogen nicht mehr zu sehen ist. Er will ein Bräutigam sein. Er trifft auf dem Maskenball Käte Kubaschk, die eine Braut ist. Da hat sie ihren Bräutigam. Das ganze Jahr hat sie den kleinen Preppko nicht gesehen. Jetzt sieht sie ihn. Sie geht eingehakt mit ihm durch den Saal, wenn die Musik spielt. Beide sind zufrieden, lustig und glücklich, bis der Tanzmeister befiehlt, daß die Masken von den Gesichtern müssen. Manche verkleideten Menschen verlassen zuvor den Saal. Niemand soll wissen, daß sie der Sultan oder die Tänzerin sein wollten. Der kleine Preppko geht nicht aus dem Saal. Er hat die Braut an seiner Seite gekitzelt und erschreckt. Er wollte sie zum Reden bekommen. Die Braut hat nicht geredet. Sie hat sich nicht verraten. Auch Käte Kubaschk ist neugierig auf den zudringlichen Bräutigam, der da an ihrem Arm hängt. Die Masken fallen. Käte Kubaschk prustet, reißt sich los und stürzt schamrot davon. Mit dem kleinen Preppko hat sie es also zu tun gehabt! Der kleine Preppko wird traurig wie zuvor.

Wir hängen von draußen an den Saalfenstern. Ich kann es aushalten. Es kann kalt sein, wie es will. Ich habe meinen Mantel. Manchmal verhängt Gastwirt Karnauke die Saalfenster, weil keine unreinen Augen in den Saal sehen sollen. Wir haben unsere Leute, die die Decken wieder wegschieben. Die Jungen und Mädchen, die das letzte Jahr in die Schule gehen, werden von uns schon jetzt mit Äpfeln oder

Zuckerstücken bezahlt, damit sie uns die Decken wegschieben, wenn wir unter dem Saalfenster stehen. Nur wenn Lehrer Kern mit seiner Frau zum Vergnügen geht, halten wir uns nicht unter den Saalfenstern auf. Er sagt uns nichts, er straft uns nicht, aber er wird dann für eine Woche stumm. Er spricht nur das Notwendigste und geht mit kühlen Augen umher. Das ist schlimm. Nicht einmal der große Schuricht kann es aushalten. Wir sind froh, daß Lehrer Kern auch noch lernen muß und nicht so oft zum Vergnügen gehen kann.

Jemand packt mich beim Kragen und zerrt mich vom Fenstersims. Es ist Fiedel-Fimpel. Wo hat er sich hergenommen? Eben stand er noch auf der Bühne und blies die Klarinette.

»Die Anzahlung ist alle.
Das Fahrrad steht im Stalle.
Wenn dir das Rad gefällt,
dann gib mir neues Geld!«

»Ich geb dir kein Geld mehr, Fiedel-Fimpel. Du hast mein Fahrrad der Feindschaft zuschachern wollen. Schluß jetzt und aus. Gib mir meine Anzahlung zurück, sonst sag ich's meinem Großvater.«

Fiedel-Fimpel beugt sich zu mir herunter. Schnapsatem strömt aus seinem wulstigen Mund.

»Großvater wird sich freuen
und wird dich schön verbleuen;
du bist im Schulverein
und sollst nicht drinnen sein.«

»Das kannst du dem Großvater gern erzählen. Er soll sich ärgern«, sage ich. Es ist mir aber nicht ernst damit. Die Ohrfeige des Großvaters habe ich langsam vergessen. Ich möcht mich nicht auf ein neues Getümmel mit ihm einlassen. Trotzdem sag ich dem Fiedel-Fimpel: »Du kannst Großvater erzählen, was du willst, er wird dir die Anzahlung ... das Geld wird er dir abverlangen.«

Fimpel überlegt nicht einen Augenblick:

»Ein junger Pionier
schaut durch das Fenster hier.
Der Wunsch, der wird sich freuen
über so einen neuen ...«

Fiedel-Fimpel verschwindet in der Dunkelheit. Ich springe vom Fenstersims. Meine Ruhe ist zerstachelt. Gedanken überfallen mich wie ein Mückenschwarm. War Fiedel-Fimpel immer ein falscher Mensch? Früher mußt ich so über ihn lachen. Jetzt könnt ich über ihn weinen. Wer hat ihm die Falschheit eingepflanzt? Sie ist wie eine Queckenwurzel, die den ganzen Fimpel durchwuchert. Es ist wahr: Ich habe davon gehört, daß die jungen Pioniere sich vorgenommen haben, nicht unter den Saalfenstern zu stehen. Ich bin noch nicht einen Monat Pionier; kann ich da alles wissen? Nein, ich kann nicht alles wissen. Aber ein bißchen weiß ich doch davon. Soll ich gegen die Pioniere verstoßen? Schließlich geben sie mir ihre Bücher nicht mehr zum Lesen. Ich schleich mich geduckt davon. Wenn mich ein Pionier gesehen hat, bin ich dann verloren?

Ich bin nicht verloren. Ich gehe zu Murmelauge und sage, daß ich gegen ein Pioniergebot gesündigt habe.

»Welches Pioniergebot?« fragt Murmelauge.

»Du sollst nicht bei anderen Leuten in die Fenster gucken. Was ist das? Wir sollen Gott fürchten und lieben ...«

»Hör auf, hör auf!« Murmelauge hält sich die Ohren zu. »Wir haben keine Gebote. Wir haben zehn

Pioniergesetze. Hier hast du sie.« Murmelauge gibt mir einen Zettel. Auf dem Zettel stehen die zehn Pioniergesetze abgedruckt.

»Ich dachte, ihr seid so mehr fromm, Murmelauge. Ich habe nur ein bißchen nach dem kleinen Preppko geguckt. Er hatte sich ausgestopft.«

»Hat er gescherbelt?«

»Ja, er ist mit der Käte Kubaschk gehüpft.«

»Weiter weißt du nichts?«

»Was soll ich sonst noch wissen?«

»Ich dachte, du hast etwas gelernt und bist schlauer geworden.«

»Das nicht.«

»Wir werden ... bei den Pionieren werden wir auch bald tanzen. Wenn es schlimm kommt, machen wir einen Karneval.«

»Was ist denn das für Zeug?«

»Na, Maskenball.«

»Einen richtigen?«

»Was denkst denn du?«

»Dann mach ich einen Theaterspieler.«

»Wie willst du das machen?«

»Ich ziehe meinen neuen Anzug an und sage alle Gedichte auf, die ich kann.«

Hasen über den Zaun

Der Winter zog zeitig ins Vorgebirge. Schnee fiel und war fein wie weißer Wegstaub, und er häufte sich an den trockenen Rainfarnstengeln zu Wehen. Der Ostwind wetzte sich an dem kleinen Holzhaus am Berghang und trieb den Schnee hinten im Garten gegen die Obstbäume.

Es ging auf den Abend zu, und der Alte mit dem weißen Knebelbärtchen sah in den Obstgarten. Hinter ihm saß seine Frau am Ofen und schliß Gänsefedern, und ihre Schulterblätter standen wie Flügelstümpfe in die Dämmerung. Der Alte sog schmatzend an seiner Tabakpfeife und sah dem Gestöber zu. »Ostwind!« murmelte er. »Einwandfreier Ostwind!«

Die Frau erhob sich, blickte flink aus dem Fenster, und ihre Augen tränten ein bißchen. Weiße Federchen wirbelten in der Stube umher, und draußen tummelte sich der Schnee, und der Unterschied zwischen draußen und drinnen wurde von der Ofenwärme bestimmt, von der Ofenwärme. »Möglich, daß es aufhört zur Nacht«, sagte die Alte. Der Mann fuhr gereizt herum. »Aufhören? Bei Ostwind?« Er war ein Streithammel, und je älter er wurde, desto rechthaberischer wurde er. Manchmal behielt er wirklich recht, dann triumphierte er, und wenn er nicht recht behielt, zeterte er über die Zeiten, die so wären, daß man sich auf nichts verlassen könnte. Die Alte kannte das seit sechsundfünfzig Jahren, und es machte ihr keinen Spaß mehr, selber recht zu haben und ihn zu reizen. Sie trug ihren Federkorb behutsam in die Kammer, als säßen schlafende Schmetterlinge drin. In der Kammer legte sie Wetterzeug für den nächsten Tag bereit, denn es konnte sein, daß der Alte wirklich recht behielt.

Der Alte rauchte im Bett noch eine Pfeife, sah in die aufgestocherte Glut des Ofens und lauschte auf das Weben des Windes und auf das Geknipsel des Schnees an den Fenstern.

Im Garten standen dreiundsiebzig Obstbäume, und der Wind wehte die ganze Nacht, und es fiel Schnee die ganze Nacht, und an den Obstbäumen bildeten sich Wächten, und die wuchsen und wuchsen bis zu den Baumkronen hinauf. Auch am Gartenzaun peitschte der geile Wind Schneewehen zusammen, und es sahen nur noch die Spitzen der Zaunlatten aus ihnen heraus. Vom Hunger getriebene Hasen hoppelten durch das Schneetreiben, und es war ihnen ein leichtes, über den verwehten Zaun zu springen und über die Wehen zu laufen und sich in die Kronen der Obstbäume zu setzen. Sie raspelten die Baumrinde herunter, und sie fraßen auch das gefrorene Jungholz der Triebe.

Bevor es Tag wurde, schaufelten die beiden Alten den Hinterausgang und das Fenster des Häuschens, das auf den Garten hinausging, frei. Der Alte war guter Dinge, weil er recht behalten hatte, und sie tranken warmes Wasser, das mit dem Staub gebrannter Gerste versetzt war. Sie kannten ihre Bäume, wie man seine Haustiere kennt, und sie warteten auf das Taglicht, und als genug Licht da war, starrten sie aus dem Fenster und stießen sich an. »Die Goldparmäne am Wassertrog! – Die Gute Luise am hinteren Pförtchen!«

Die Hasen hatten die Kronen von fünf Obstbäumen in einer Nacht zernagt und zerraspelt.

Die beiden Alten krochen in ihr Wetterzeug und schaufelten sich an den ersten Obstbaum heran, schaufelten ihn frei, und als das getan war, schaufelten sie auch den nächsten Obstbaum frei und den nächsten auch. Und als sie soweit waren, sagte die Alte: »Sollten wir nicht lieber einen Graben um den Zaun schaufeln?« Der Alte wollte nichts davon hören, und er hatte recht, denn einen Graben um den Zaun zu schaufeln, wäre ihnen in drei Tagen nicht gelungen, zumal es noch schneite und weiter schneite. Außerdem hätte der Graben breiter sein müssen, als ein Hasensprung lang ist. Die Alte hatte den Vorschlag wohl nur gemacht, um eine Verschnaufpause zu haben, und sie erwiderte nichts.

Sie schaufelten weiter, und am halben Vormittag hörte der Wind auf, und es hörte auf zu schneien, und die Alte wagte zu sagen: »Welch ein Glück, trotz der fünf verlorenen Baumkronen, welch ein Glück!«

Aber der Alte wurde zornig und sagte: »Kräh du nicht und wart erst ab!«

Sie türmten neben jeden Obstbaum einen Schneeberg; sie hielten die Abstände von den Schneebergen zu den Obstbäumen so, daß die Hasen, falls sie es hätten versuchen wollen, die Schneeberge nicht beim Abweiden der Baumkronen hätten benutzen können.

Die Alten gönnten sich keine Zeit für ein Mittagsmahl, und sie geizten mit jedem Strählchen Taglicht. Am Nachmittag begann die Alte zu husten, und am Abend trank sie Pfefferminztee. Der Alte saß und aß viel und lange. Ab und zu hielt er beim Kauen inne und lauschte nach draußen, und er war nicht zufrieden, weil er nicht recht behalten hatte, denn es wollte und wollte auch auf Abend kein Wind aufkommen.

Die Alte hatte nicht Hunger, und sie legte sich zu Bett. Sie fror, und ihre Zahnprothese klapperte. Der Alte warf ihr zwei Decken übers Zudeck, und als sie immer noch nicht warm wurde, legte er sich zu ihr und schlief sogleich ein.

Aber in der Nacht wurde er vom heftigen Husten der Frau geweckt. Er machte Licht, und er sah das Pfifferlingsgesicht der Alten an, und er betastete ihre Stirn und fand, daß sie heiß wäre.

Er erhob sich und ging in die Küche, um frischen Pfefferminztee zu kochen, und dabei hörte er, wie der Ostwind draußen wieder zu wehen begann.

Die Alte mochte den Pfefferminztee nicht. Sie hustete, hustete und bat ihn, zu den Nachbarsleuten zu gehn, die dreihundert Meter höher am Hang wohnten und ein Telefon hatten. Sie verlangte nach der Gemeindekrankenschwester. Der Alte, dieser Kampfhahn, war schon wieder auf dem Zaun. Eine Krankenschwester bei Nacht und mitten in Schnee und Winter, das habe es nie gegeben. Die Alte, die ihn im Fieber nicht fürchtete, widersprach: Man käme jetzt zu Kranken zu jeder Tages- und Nachtzeit.

Die Antwort des Alten war ein Gelächter, ein Meckern. Aber die Alte begann um sich zu schlagen, und sie bat ihn wimmernd, die Hasen von ihrem Deckbett zu vertreiben.

Der Alte zog sein Wetterzeug an. Er wollte der Frau ein wenig zu Willen sein, weil sie krank war; sie würde ja selber sehen.

Draußen vor den Hügeln und im Gestöber krabbelte der Alte den Weg zum Nachbarhaus an und war klein und gering wie jene schwarzen, stecknadelkopfgroßen Käfer, die es unternehmen, sich durch Mehlberge zu arbeiten. Es brauchte lange, bis er die dreihundert Meter nach oben zurückgelegt und den Nachbarn, der auf der Gemeindeverwaltung arbeitete, herausgeklopft hatte. Und es währte auch geraume Zeit, bis man sich auf der Schwesternstation im Unterdorf meldete. Es wurde gefragt, ob das Kommen bei diesem Wetter unbedingt erforderlich wäre. Das Kommen wäre unbedingt erforderlich, sagte die Frau des Nachbarn und machte es dringlich, es handele sich um eine alte Frau, um ein kleines Lebenslicht.

Als der Alte wieder in seine Stube trat, sah er, daß das kleine Gesicht der Frau gedunsen und rot war. Sie hatte die Bettdecke weggeschleudert, und er hob sie auf und deckte die Alte wieder ein.

Die Blaubeere schlägt das Fieber nieder, fiel ihm ein und er stieg in den Keller, um ein Glas Blaubeeren zu holen. Im Keller hörte er den Wind nicht wehn, und er fürchtete schon, nicht recht behalten zu können, doch als er mit dem Glas nach oben kam, hörte er den Wind wieder und wurde fast heiter.

Er klopfte mit einem Teelöffel an den kleinen Blaubeerteller, wie man es zu tun pflegt, wenn man Kinder aufs Essen hinlenken will. Die Alte sah ihn irr an. »Ob einer von ihnen am Leben geblieben wäre, wenn sie nicht Zwillinge gewesen wären, Herr Wahrsager?« Die Frau sprach von ihren Söhnen, die im Kriege geblieben waren.

Dem Alten wurde es unheimlich. Die Frau hielt ihn für den Wahrsager, der in der Kreisstadt nach dem Kriege sein Wesen getrieben hatte und dem sie ein halbes Schwein hingeschafft hatten, um etwas über ihre Söhne zu erfahren.

Die Alte wollte die Blaubeeren nicht, und sie stieß mit dem Fuß nach dem Manne, als er sie ihr zu Munde bringen wollte. Er verschüttete die gekochten Blaubeeren auf ihrem Deckbett, und die Alte starrte auf den Blaubeerfleck und fürchtete sich.

Der Alte ging beleidigt in die Küche. Er saß dort und grübelte, und je mehr Zeit verging, desto weniger war er beleidigt, denn er begann recht zu erhalten; die Gemeindeschwester kam nicht.

Als die Alte versuchte, aus dem Bett zu springen, sagte er sich: Es muß etwas geschehn, und er beschloß, sie selber zur Schwesternstation zu bringen, wie er es früher mit den Söhnen getan hatte, als sie noch klein waren.

Er holte das Plättbrett aus der Kammer und

suchte dicke Kleider aus dem Schrank, die alte Krimmermantille, das Umschlagetuch und alles, was wärmen konnte. Außerdem nahm er dickes Unterzeug und lange Unterziehhosen von sich und fiel damit über die Frau her.

Die Alte, die in einem lichten Augenblick erkannte, was der Mann vorhatte, ließ sich kleiden und mummen, und als sie wie ein Bündel übereinandergezogener Kleider dalag, schob der Alte sie auf das Plättbrett. Er band sie mit einem Strick ans Brett.

Er holte den Hörnerschlitten aus dem Stall, und er sah, daß die Obstbaumgruben, die er und sein Weib am Tage geschaufelt hatten, wieder zugeweht waren, und er dachte, ich will mich beeilen, denn morgen werde ich zu all der Arbeit allein sein, und ich werde noch vor Tag beginnen müssen, sonst werde ich es nicht schaffen.

Er trug die Alte hinaus auf den Hörnerschlitten und wunderte sich, daß sie so schwer war, aber das machten wohl die vielen Kleider, und es war alles recht so, wie es war.

In der Frostluft begann die Alte zu jammern, und er konnte sich nicht enthalten, ein wenig herauszukehren, daß er recht behalten hatte. »Ich habe dir gesagt, daß sie nicht kommen. Aber ich bringe dich hin. Ich!«

Das Gesicht der Alten verklärte sich. Sie war schon wieder im Wahn, und sie war glücklich darüber, daß der Alte sie endlich zu ihren Söhnen bringen würde.

Er band die Alte mitsamt dem Plättbrett auf dem Schlitten fest und fuhr mit ihr talab. Er brauchte den Schlitten nicht zu bremsen, denn es waren genug Wächten auf dem Wege, die das besorgten. Er stieß den Schlitten durch die Wehen und ächzte und schwitzte dabei, aber mit einem Male bäumte sich die Alte auf dem Plättbrett und schrie: »Bind mich los! Bind mich los!« Der Alte beruhigte sie und versprach ihr, schneller zu fahren, damit sie rasch hinkäme, und die Alte war es zufrieden, rascher zu ihren Söhnen zu kommen.

Doch über einer Weile gab sie sich einen solchen Ruck, daß der Schlitten zu kippen drohte, und sie behauptete, die Söhne kämen auf ihren Panzern, und sie müßte ihnen entgegen und sie begrüßen.

Und der Alte schob und schob den Schlitten und schnaufte, und als er ihn um eine Kurve schob, war's ihm selber so, als hörte er Panzergedröhn, und er dachte: Sie steckt dich an mit ihrem Fieber, sie macht dich verrückt; es ist nichts als dein Blut, dein eigenes Blut, das du rumoren hörst!

Er fuhr mit seinem Schlitten geradewegs auf den Schneepflug zu, und als der Fahrer das rutschende Bündel und den wankenden Mann dahinter sah, hielt er an. Die Schwester, die aus dem Krankenauto stieg, das dem Schneepflug folgte, schimpfte mit dem Alten: »Nein, nein, nein, wir haben doch gesagt, daß wir kommen!«

Dem Alten fehlte der Atem fürs Widerreden, aber er dachte: Man kann sich auf nichts mehr verlassen.

Die Alte war bewußtlos geworden, und als ihr die Schwester den Puls gefühlt hatte, ließ sie sie eilig mitsamt dem Hörnerschlitten von den beiden Fahrern in das Krankenauto schieben.

Der Alte stand am halben Hang und sah die Rücklichter des Krankenwagens im Schneegestöber verglühen. Man hatte ihn stehengelassen und vergessen. Und er hätte auch nicht mitfahren können, wenn er an die Arbeit dachte, die ihm daheim bevorstand.

Er stampfte hangan, und bis er sein Häuschen sah, wurmte es ihn, daß er nicht recht gehabt hatte mit der Gemeindeschwester. Dann aber sah er im Garten wieder die Hasen auf den Baumkronen weiden, und er verscheuchte die Hasen und begann sofort zu schaufeln.

Jetzt stand er der großen Arbeit allein gegenüber. Er hatte es vorausgesagt, und er hatte recht behalten, und das tat ihm gut. Er schaufelte und grub, und er wurde im Schneewind selber zu einem kleinen Schneeberg, zu einem Schneeberg, der manchmal ächzte, der manchmal die Arme hob und die Hasen verscheuchte. Ja, ja, es war schon so: Er mußte es schaffen, denn er hatte recht behalten: er war für die Arbeit allein, und es war gut für ihn, daß er um diese Zeit noch nicht wußte, wie allein er war.

Der Werbeunfall

Die Schaufenster der Hauptstadt waren fürs Weihnachtsgeschäft geschmückt. Im Fenster des Spielzeugladens lag ein Mann, lag dort zusammengekrümmt auf der Seite.

Die Dekorateure des Ladens wollten Kunden für Kindereisenbahnen werben. Die Puppe hatte neben den Schienen gehockt, um die in Witzecken der Zeitungen strapazierte Tatsache »wieder einmal aufzugreifen«, daß Familienväter zuweilen an sich selber denken, wenn sie ihren Söhnen Spielzeugeisenbahnen schenken.

Nun war der hockende Mann umgefallen, die Kindereisenbahn schien ihn überfahren zu haben, er war unter die Räder geraten, eine Unfallszene war entstanden.

Die meisten Straßenpassanten wandten sich mit Gruseln ab, und die »findigen« Dekorateure hatten durch ihr naturalistisches Requisit das Gegenteil von Werbung erzielt.

Ähnliches, scheint mir, geschieht zuweilen in unseren Büchern.

Ponyweihnacht

Kai, der Shetland-Fuchshengst mit der hellen Mähne, und Silva, die Fuchsschecke, sind unser Arbeitsgespann. Sie holen Brennholz aus dem Wald, trecken die Winterkohlen heran, und beim Pflügen des Gartenlandes flitzen sie mit dem kleinen Pflug unter den herabhängenden Obstbaumzweigen dahin.

Das Zwergenreich der Menschen ist eine Erfindung der Phantasie. Das Zwergenreich der Pferde gibt es. Ein Shetlandfohlen kann sich unter dem Küchentisch verstecken, wenn seine Mutter in die Küche kommt, um Hartbrot zu erbetteln.

Zuweilen fährt Meister Emil mit dem Arbeitsgespann in die kleine Nachbarstadt. Wenn die Shetländer vor ihrem rotberäderten Kastenwägelchen durch die Straßen trappeln, stockt der Verkehr. Der Volkspolizist mit der weißen Mütze bekommt glänzende Jungenaugen und wird nachsichtig. Verkäuferinnen kommen aus den Geschäften und bringen den Pferden Leckerbissen, und die Kurgäste kramen aufgesparten Kaffeezucker aus ihren Handtaschen. Meister Emil sitzt stolz auf dem Kutschbock und läßt seine Ponys bewundern, und es fällt auch ein bißchen Bewunderung für ihn ab. »Was fängst du mit so kleinen Pferden an?« necken die Bauern.

»Der Hengst steht zu Hause im Glasschrank, und die Stute spielt Klavier.«

Fröhliches Gelächter hallt durch die Hauptstraße der kleinen Stadt. Manchmal läßt der Meister eine Schar sehnsüchtig blickender Kinder aufsitzen. Die Schulkinder füttern die Ponys zum Dank für die Fahrt mit übriggebliebenen Frühstücksbroten. Nirgendwohin laufen die Shetländer so schnell wie in die kleine Stadt. Die Leckerbissen locken.

Wenn die Wiesen noch nicht mit verharschtem Schnee bedeckt sind, weiden die kleinen Pferde frei hinterm Haus. Sie fressen dort die von den Kühen stehengelassenen Geilstellen ab und verschmähen auch Disteln und Brennesseln nicht. Die Wiesen werden glatt wie eine Tenne, ein Vorteil beim Mähen im nächsten Jahr. Am frühen Abend kommen die Pferde nach Hause und erhalten Heu zum Nachtisch.

Die Wintertage wurden kürzer und kürzer, und es waren schon drei Fröste übers Land gegangen, das Gras schmeckte bitter, und die Ponys zogen suchend auf den Wiesen umher. Am Abend waren sie verschwunden. Es war der Weihnachtsabend. Die Kinder warteten auf die Bescherung, und ich suchte die Ponys. Ich ritt kilometerweit, durchstöberte die Wiesenwinkel, durchsuchte Gebüsche und Schonungen und fand die Ausreißer nicht. Die Sterne funkelten grünlich, als ich, ohne die Pferde gefunden zu haben, nach Hause ritt, und ich öffnete das Hoftor, für den Fall, daß sie nachts heimkommen würden.

Es wurde ein unruhiger Weihnachtsabend. Immer wieder stockte das Spiel der Kinder. »Unsere Ponys, unsere Ponys, wo werden die sein?«

Ich war mehr draußen als in der Feststube, war im Hof, im Garten und am Waldrand, und ich wachte nachts auf, denn es war mir, als hätte ich Getrappel gehört. In der zweiten Nachthälfte begann es zu schneien, und am Morgen des ersten Weihnachtstages hatten wir prachtvollen Schlittenschnee, aber unsere Ponys hatten wir nicht. Der Schnee tröstete mich; nun würde ich die Spuren der Shetländer finden, aber soviel ich auch suchte und suchte, ich fand keine Spuren.

Gegen Mittag knatterte ein Motorrad heran. Ein vermummter Mann trat in die Küche. Er redete schnell und dadurch viel, und nach einer langen Einleitung fragte er, ob wir Ponys vermißten. – Ja, wir vermißten Ponys, ja, ja!

»Wie groß?«

Wir legten die Hände auf den Küchentisch. »So hoch.«

Gut, aber da wäre noch was.

»Ja, was denn?«

Es sei Weihnachten, das Fest der Liebe, der Mann hätte viel Arbeit mit den Ponys gehabt, zwanzig Mark Finderlohn je Tier!

Als wir ihm das Geld gaben, bemerkten wir, daß er schon kräftig nach dem Festschnaps der Liebe roch. Das Geld verschwand in seiner Hosentasche, und wir erfuhren, wo die Ponys waren:

Die Ausreißer suchten am Weihnachtsabend nach frostfreiem Gras, fanden keines, wanderten und wanderten, bis sich bei Kai und Silva, den

Wagenpferden, das Freßgedächtnis einschaltete. Sie zogen in die kleine Stadt, und die anderen Stuten trotteten mit.

Die Stadtstraßen waren menschenleer. Auf dem Stadtplatz brannten die elektrischen Kerzen am städtischen Weihnachtsbaum. Die ponyfreundlichen Einwohner feierten in ihren Stuben. Die Pferde durchstreiften das Städtchen und verweilten vor allen Häusern, aus denen einmal etwas Freßbares für sie gebracht worden war. Enttäuscht beschnupperten sie das Fontane-Denkmal und scheuerten ihr Fell an der Ladentür des Gemüsekonsums, und gegen zehn Uhr verließen die erfolglosen Bettler die Stadt. Für den Rückweg benutzten sie die Landstraße. Auch das hatte seinen Grund: Wenn Meister Emil Last auf dem Wagen hat, befährt auch er mit dem Gespann die gepflasterte Straße zum Dorf. Das Gedächtnis von Kai und Silva funktionierte ausgezeichnet.

An der Landstraße standen die Geräte- und Frühstücksbaracken für die Arbeiter einer großen Baustelle. Dort saß der Nachtwächter und tröstete sich für den ausgefallenen Weihnachtsabend mit einer Taschenflasche Wodka. Er langweilte sich und war froh, als er draußen Getrappel hörte. Die Hirsche ziehn, die Hirsche, dachte er, aber als der zottige Kopf des Hengstes im Lichtkreis des Wächterbudenfensters erschien, erschrak der Mann. Ein Wächter darf sich nicht fürchten. Er wird für Furchtlosigkeit bezahlt. Also überwand der Mann seine Furcht, nahm seinen Stock, ging hinaus und wunderte sich, weil ein Spielzeugpferd vor ihm stand. Er lockte den Hengst mit einem Stückchen Weihnachtsstollen an. Der Hengst nahm das Stollenstück und dankte brummelnd dafür. Da traten auch die Stuten aus dem Walddunkel, um nicht zu kurz zu kommen. Sechs Ponys umlagerten die Wächterbude und scharrten bettelnd mit den Vorderhufen.

In diesem Augenblick erkannte der Wächter die VERDIENSTVOLLE Seite dieser Weihnachtsüberraschung. Er packte den Hengst und führte ihn in die Kantine der Bauarbeiter. Die Stuten zogen sich indes in den Wald zurück, und der Wächter verbrachte einen Teil der Nacht, sie einzufangen.

Die Kantine war weihnachtlich geschmückt: Der Weihnachtsbaum auf einem Schemel, Tannenzweige an den Wänden, weiße Papierdecken auf den Kiefernholztischen, leere Flaschen auf den Papierdecken und hin und her ein Krümchen vom Weihnachtsmahl.

Die Ponys knabberten an den Papierdecken, lasen die Krumen von der Festmahlzeit auf, fraßen den Wandschmuck und schließlich den Weihnachtsbaum mit den Stearinkerzen.

Es blieb dem Wächter nichts übrig, als Stricke zu suchen und die Ponys einzeln an die Barackenstützpfeiler zu binden, aber sofort ergab sich ein anderes Problem, denn Ponys fressen nicht nur. Obwohl der Wächter weihnachtlich gestimmt war und an die Krippen-Esel in aller Welt denken mochte, konnte er nicht zulassen, daß aus der Kantine ein regelrechter Weihnachtsstall wurde. Immerhin konnte der Aufseher plötzlich erscheinen, wer kennt die Launen von Vorgesetzten? Der Wächter verbrachte den Rest der Nacht mit dem Aufschaufeln und Heraustragen zierlicher Roßäpfel, stellte jedoch fest, daß Pferde nicht nur misten. Er mußte auch wischen. Wirklich ein heiliger Heiligabend.

Morgens kam die Ablösung des Wächters, und der Mann wußte, wohin die Ponys gehörten.

Ich machte mich mit zwei meiner Söhne auf den

Weg: Sieben Kilometer in die Stadt, sieben Kilometer zurück – ein ausgiebiger Weihnachtsspaziergang.

Als wir die Kantinentür öffneten, begrüßte uns der Hengst mit einem jubelartigen Wiedersehnsgewieher. Hinter den Ponys lag wieder je ein Häufchen Mist. »Ich glaube, Sie müßten ganz und gar noch was zum Finderlohn zulegen«, sagte der Wächter.

Wir versuchten ihm vergeblich zu erklären, daß die Ponys nach Hause gekommen wären, wenn er sie nicht aufgehalten hätte. Nein, er betrachtete sich als Retter der Pferde, und wir ließen ihm die Ehre und legten noch einen Geldschein auf seine Hand.

Eingehüllt ins Getrappel von vierundzwanzig Ponyhufen zogen wir heim, und am Abend feierten wir erst richtig Weihnachten. Seither heißt's bei unseren Kindern: Unsere Ponys machen uns alles, dem Vater Geschichten und uns sogar zweimal Weihnachten.

Spuren

Der Himmel war rauchgrau. Aus den niedrig hängenden Wolken ließ sich ein gesprenkelter Schneevorhang herab, und der hing bis zur Frühe, dann riß er, und nach einer Weile schwebten nur noch ein paar verspätete Flocken hernieder. Eine große Stille breitete sich auf Erden aus.

Der Schnee blieb liegen. Ich füllte die Taschen mit Hartbrot, sattelte die silbergraue Stute und ritt in den Sonntag.

In der großen Genossenschaftskoppel hatten die wilden Schweine einen Teil der Hütewiese um und um gerüsselt. Ihre Rückzugsspur führte mich auf Winkelwegen in jene Schonung, die wir die Waldpferdekoppel nennen. Dort hatten sich die sechs Schweine niedergetan und verdauten. Ich hätte sie den Jägern verraten können, aber es war Sonntag, Weihnachten, und sie hatten die Genossenschaftswiesen nachtüber von vielen Schädlingen befreit.

Im Hochwald war lichtblaue Stille. Ich fand die Spur des Fuchses, und ich sah, daß er in den dicken Moorbülten nach Mäusen gesucht, dann aber eine Kaninchenspur aufgenommen hatte.

Blaubeer- und Heidkraut spießten ihre Zweigspitzen durch die Schneedecke, und die Einjahrskiefern auf der Pflanzung krochen wie weiße See-Igel in Reihen über das Schneefeld. Die Schneepolster auf einem Brombeerstrauch begannen zu glitzern; die Sonne war hervorgekommen.

Jetzt funkelten die Samenkiefern auf der Heide, die wir das große Land nennen, und das Sonnlicht rauschte aus den sich vergrößernden Wolkenlöchern auf die Erde, und das Licht wurde vom Schnee zurückgestrahlt, und ich mußte die Augen schließen, weil mir der Glanz die Blicke versengte.

Ich ritt wieder in den Hochwald hinein, und die Stille war jetzt dunkelblau. Ich sah die Teller im Heidkraut, die die Rehe während der Nacht beim Äsen ausgeblasen hatten; es lagen viele Teller im Gestängel, und je länger ich umherblickte, desto mehr Rehteller sah ich.

Die Rothirsche waren in der Nacht weit gewandert. Sie hatten die Buchenwälder am Nehmitz-See durchquert und waren zurückgekommen. Der große Hirsch hatte seine Spuren in den Neuschnee gedrückt. Seine Tapfen waren fast so groß wie die der Jungstute, die ihrer gesattelten Mutter folgte.

Ich hatte dieses Hirschrudel in den vergangenen Wochen oft gesehn, und ich hatte den großen Hirsch und Anführer mit seinem Geweih von zwölf Enden gesehen. Er flüchtete niemals, wenn ich zu Pferde daherkam, nein, er ging davon, und sein Rudel folgte ihm.

An diesem Morgen sah ich die Hirsche nicht, aber ich las im Schnee, wie sie die Zeit bis zum Morgen verbracht hatten.

Um wieviel mühvoller ist's, aus den Spuren der Menschen zu lesen, was sie tun und unterlassen, dachte ich, doch die Aussicht auf diese Mühe beglückte mich.

Großmutter und die Sperlinge

10. Dezember 1969

Wenn es herbstelte und nebelte, schüttelte sich Großmutter: Ach, mir graut schon vorn Winter.

Bist du krank, Großmutter?

Krank nich, aber das verfluchte Sperlingsgeruppe.

An einem Sonnabend kurz vor Weihnachten war Großvaters Spatzenfangtag. Er kroch mit der Stall-Lampe auf den Heuboden und beklopfte und hinterstochte die Dachsparren und Dachbalken, und Spatzen flogen auf und flogen gegen seine Stall-Laterne, und wir Jungen mußten sie greifen und in einen weißen Leinewandsack stecken.

Von Zeit zu Zeit befühlte Großvater den Sack, und schließlich sagte er: Genung, der Tiegel is vull.

Beim Töten der Spatzen durften wir nicht zusehen. Großvater besorgte es in seiner Baukammer. Dann und wann prallte ein Spatz gegen das Baukammerfenster, und Großvaters Hand mit dem dicken Daumen erschien, um den Vogel wieder zu greifen. Manchmal aber flog der Spatz doch davon, und wir hörten Großvater fluchen: Der Deibel soll sich dir broaten!

Sodann begann, wovor es Großmutter schon im Herbst graute – das große Sperlingsrupfen. Wir Kinder hätten gern dabei geholfen, aber Großmutter war eigensinnig. Wir rupften die Spatzen nicht richtig. Sollte sie sich vom Großvater sagen lassen: Kleene Igel freß ich nich.

Großmutter zog das Kirchengesangbuch aus dem Kommodenfach, gab es uns hin und sagte: Singt mir was!

Wir sangen: Die Ernt ist nun zu Ende ... oder Ach wie flüchtig, ach wie nichtig ist der Menschen Leben! Wie ein Nebel bald entstehet und auch wieder bald vergehet, so ist unser Leben, sehet!

Während wir sangen, flogen Spatzenfederchen, zart wie Libellenfliegen, durch die Großelternstube. Ob man seine Mütze aufs alte Segeltuchsofa warf, oder ob man sein Halstuch vom Kleiderrechen nahm, nichts ließ sich ausführen ohne das Getümmel eines Spatzenfederschwarmes. Es war, als ob jedes Federchen mit dem Charakter der aufdringlichen Hofvögel ausgestattet wäre.

Wenn die Spatzen in ihrem Tiegel im Bratröhr aufkreischten, sagte Großvater: Seid stille, ihr hoabt eich bei uns gemästet!

Großmutter zog den Tiegel aus dem Röhr und überprüfte die Gare der gebratenen Spatzen. Die Spatzenleiber lagen auf dem Rücken im Tiegel, die Schenkelchen, wie Hilfe heischend, in die blaue Bratluft gereckt. Ach, ach! sagte die Großmutter und hielt sich die Augen zu.

Denn mußte dir ooch bei Schweineschinken die Oogen zuhalten, tadelte Großvater sie.

Großmutter tat, als wären ihr Spatzenfederchen in die Augen geflogen, und sie sagte: Schweinsborsten fliegen dir ja ooch nich in die Oogen.

Wenn später der Tiegel auf dem Tisch stand und wir uns mit Großvater zum Spatzenessen niedersetzten, verschwand Großmutter. Wo willste hin, Alte? fragte der Großvater.

Schnell die Ziege melken!

Der Inhalt des Tiegels ging zu Ende, und Großvater zwinkerte uns zu: Die Ziege muß ja heite mächtig Milch hoaben.

Das Pony-Karussell

Neuer Schnee war gefallen. Wenn der Winter gute Laune hatte, gleißte und glitzerte die Welt. Man zögerte morgens, das Prachtgewand der Erde zu zerstampfen. Sollten Menschen und Tiere aber dieser Pracht wegen hungern?

Bald zogen sich die Nähte unserer Fußspuren über den Hof: vom Stall zur Scheune, von der Scheune zur Vorratskammer. Zum Hoftor herein kam die Spur des Postboten. Er brachte Nachrichten und Anforderungen aus der Stadt. Die Spur des Briefträgers mischte sich auf der Straße mit den Spuren der Waldarbeiter. Die Motorradspur des Försters schlängelte sich zwischen die Tapfen der Waldarbeiter, und die breite Spur des Milchwagens erzählte: Das ist der Weg zur Stadt. Am Nachmittag war unser Hof mit einem Netz von Fußspuren überzogen. Auch im tiefsten Winter verrichte ich täglich mein Pensum Handarbeit. Ich warf den Kompost um und goß Jauche drauf. Beim Verschnaufen erfreute ich mich am Schneegeglitzer im Wiesental. Die Hühner girrten: »Sieh da, sieh da, frische, frische Erde!« Sie pickten und stappten im Kompost. Keine Käferlarve, kein Würmchen entging ihnen. Die aufgeplusterten Schwarzdrosseln äugten neidisch aus dem Sauerkirschgesträuch: »Tschapp, tschapp, laßt was übrig, laßt was übrig!« Ein Stieglitzschwarm fiel mit leisem Geläut in die struppigen Stengel der Grauen Melde ein. »Klingling, Klingling!« Hier ein Sämchen, dort ein Sämchen. Der Winter ist bitter. Wir sind so fröhlich, wie's geht.

Der Wind ging hoch und hohl. Er kehrte am Himmel neue Schneeberge zusammen.

Pedro durfte auch an den Hochwintertagen nicht im Stall stehn und »rosten«. Seine flinken Beine brauchten Bewegung. Am Nachmittag brachte er sich in Erinnerung. Er stellte ein Vorderbein in die holzene Krippe. Mit dem Bein bummerte er gegen das Krippenholz wie ein Paukenschläger, bevor der Marsch beginnt.

Am Spätnachmittag, wenn das erstemal korrigiert war, was ich am Morgen geschrieben hatte, leistete ich mir ein Spielchen mit Pedro in der Gartenkoppel. Wir spielten Pony-Karussell. Ich knüpfte den Hengst an eine lange Leine. Die Pferdemänner nennen diese Leine – Longe. Griff ich nach der Peitsche, so machte Pedro einen Satz und rannte davon. Er rannte, bis die Freiheit der langen Leine aufgebraucht war, dann blieb ihm nichts übrig, als im Kreise zu laufen. Im Mittelpunkt des Kreises stand ich und knallte mit der Peitsche. Pedro feuerte übermütig aus und galoppierte, daß der Schnee stob. Zirkus.

Nach einer Weile wechselte ich die Leine aus der linken in die rechte Hand. Die Peitsche hingegen wanderte aus der rechten in die linke Hand. Das war für Pedro das Zeichen, sich zu drehen und den Kreis in entgegengesetzter Richtung zu nehmen. Ein feines Getümmel! Unser Atem ging schnell. Wir rissen die klare Winterluft in unsere Lungen. Pedro bekam ein schaumiges Maul, ich eine schweißbedeckte Stirn.

Medizin für Stall- und Stubenhocker!

Ich versteckte die Peitsche hinter meinem Rükken und kommandierte: »Schriiitt!« Der Hengst sah die unangenehme Peitsche nicht mehr und fiel sofort aus dem Galopp in den Schritt. Dabei ruhten wir etwas aus. Dann ließ ich die Peitsche wieder sehn und sagte:

»Trrrab!« Pedro flüchtete und fiel in den Trab. Schließlich schwang ich die Peitsche und knallte. Aus dem Wald hallte das Geknall vielfach zurück: »Galopp!«

So übten wir die Gangarten mehrmals hinauf und hinunter, bis wir müde wurden. Im Neuschnee waren zwei dunkle Kreise ausgetreten; ein kleiner und ein großer. Den großen Kreis hatte Pedro, den kleinen hatte ich angefertigt.

Die Sonne verschwand hinterm Wald. Der Schnee wurde blau. Zwischen den Kiefernstämmen sah man den Himmel schwefelgelb und blaugrün leuchten. Die Krähen flogen lautlos von ihren Fraßplätzen zu ihren Schlafbäumen.

Ein Keil Wildenten fuhr knarrend über uns hin. In der Mitte des großen Sees war die Eisdecke noch dünn wie ein Häutchen. Dort fielen die Enten plätschernd ein. Das dünne Eis knisterte und knirschelte. Die Enten gründelten. Sie suchten im See ihr karges Winterfutter. Das Pony-Karussell machte Feierabend. Im Schlag stritten die Täuber mit Getrommel und Geruckse um ihre Nachtplätze. Der Mondkahn fuhr mutig durch dichtes Schneegewölk. In der Nacht hängte der Winter der Erde einen neuen, weißen Mantel über. Am Morgen zogen wir neue Spuren-Nähte durch den Schnee. Der Mensch findet sich nicht mit der weißen Starre ab.

Der Hahnenschritt

Am sechsten Januar, dem Dreikönigstag, ist's um einen Hahnenschritt länger hell als zu Weihnachten, behauptete Großvater.

Unser Hofhahn marschierte im preußischen Paradeschritt über den Hof: Tipp-tapp, keine Zehntelsekunde, und vorüber war der Hahnenschritt. Großvater lächelte überlegen: Nicht die Zeit, die Zentimeterlänge eines Hahnenschrittes war gemeint. Ich sollte am Weihnachtstag einen Strich in den Schnee machen, dort, wo die Sonne am Mittag stünde, und ich sollte am Dreikönigstag zu Mittag einen Strich machen, beide Striche würden um die Länge eines Hahnenschrittes voneinander entfernt sein.

Die Jahre vergingen, das Leben rüttelte mich, Erfahrungen verdrängten Großvaterweisheiten. Eines Winters maß ich auch Großvaters HAHNENSCHRITT. Er stimmte nicht, und auch der Wintervollmond brachte nicht Frost, wie Großvater behauptete, und die Fruchtfülle der Brombeeren ließ nicht auf die Strenge des künftigen Winters schließen.

Nun seh ich seit einiger Zeit, daß auch wir unsren Enkeln Großvaterweisheiten erzählen: Maschinen verändern die Menschen, zum Beispiel. – Laßt uns nicht lächeln, wenn sie's bezweifeln!

Ich weiß nicht, ob Weihnachten herankommt

Ich weiß nicht, ob Weihnachten herankommt, weil der Kalender die Herankunft des Festes vorschreibt, der Kalender, den sich die Menschen selber schufen und zum Überwächter machten, oder ob die nimmermüden Wünsche und Erwartungen der Leute, ob in Brotzeiten, ob in Notzeiten, dieses Weihnachten herbeisehnen.

Das Markenaufkleben wird zu einer kleinen Vorweihnachtsfeier im Hause Matt umgerüstet. Meine Mutter bäckt Kartoffelplinsen in Lebertran und schenkt Kakao aus gerösteten roten Rüben aus. Schmeckt drum ganz scheene, nich woahr nich, nich woahr?

Die erste deutsche Friedensweihnacht naht, heißt es in den Zeitungen. Für die Bossdomer war der Krieg ein Würgetraum, in den man sie hineinstieß. Jetzt aber werden sie – auch in den Zeitungen

– Kollektiv-Schuldner genannt. Meine Anderthalbmeter-Großmutter also eine Kollektivschuldnerin. Weshalb ist sie den Anmaßungen des österreichischen Gefreiten Schickelhuber nicht entgegengetreten? Weshalb hat sie *ihre Soldaten* mit Landraub, Brandstiftungen und Morden beauftragt?

Die wenigsten Bossdomer zeigen sich schuldbewußt. Mitschuld haben die vier, fünf Einwohner, die dem verrückten Österreicher und seinen Gehilfen den Ursch leckten. Aber von denen ist, bis auf den von den Russen geheiligten Konsky, keiner nach Bossdom zurückgekommen.

Die Markenkleberinnen in der Stube der Matts singen vom Christbaum, der der schönste Baum auf Erden sein soll, und dann schwätzen sie über Sterbefälle und phantasieren von Lebensmittel-Sonderzuteilungen, die in Sicht sein sollen.

Dann preisen sie wieder den Weihnachtsbaum, an dem die Lichter brennen, und dann stimmt jede der Frauen ihr Lieblingslied an. Die kleine Cousine singt: Wenn ich groß bin, liebe Mutter ... Meine Schwester singt: Ein Mädchen wollte Wasser holn an einem tiefen Brunnen ... Jeder Singsang sagt etwas über den Charakter seiner Sängerin aus. Das

Hertchen sagt: Von mir werd ihr nischt hern, ich woar schont in die Schule Brummer.

Die Mutter singt: Ach, könnt ich noch einmal so lieben wie damals im Monat Mai ... Das ist ein Operettenschlager, ein Schmachtfetzen, doch wenn ihn die Eltern früher gemeinsam sangen, war Friede im Haus, und wir Kinder atmeten auf. Meine ganze Kindheit war ein Gieren nach Hausfrieden.

Elvira schlägt die Beine übereinander und singt: Ich bin die fesche Lola ... Sie behauptet, wenn sie in Berlin aufgewachsen wäre, hätte sie Marlene Dietrich das Wasser reichen können.

Weihnachtswünsche stehen auf. Der Vater wünscht sich een orntliches Sticke Fleesch als Weihnachtsbroaten. Was wäre Weihnachten ohne bißchen Weihnachtsstolle, sagt die Mutter. Sie beauftragt Schwägerin Elvira, die wieder auf *Geschäftsreisen* geht, Weizenmehl mitzubringen. Was sie Elvira zum Tauschen mitgibt, bleibt ein Geheimnis.

Schwägerin Hertchen hofft auf die Rückkehr des Bruders aus der amerikanischen Gefangenschaft. Es kommt aber nur ein tröstender Brief von ihm. Er teilt mit, daß er die *erste deutsche Friedensweihnacht* noch nicht daheim verbringen wird. Die von den

Zeitungsleuten benutzte Stanze *Friedensweihnacht* ist also schon nach Italien vorgedrungen. Sie, die Kriegsgefangenen, schreibt der Bruder, haben manches, was für die besiegten Deutschen nur ein Traum ist, Semmeln und Fruchtmarmelade, Zigaretten und Wein, und sie werden Weihnachten einen Bunten Abend abhalten. Der Bruder hat sich eine Mandoline zusammengebastelt, ein Mitgefangener hat einen *Schlager* geschnitzt: Wenn der Bobby mit der Lisa auf dem Schiefen Turm zu Pisa Tango tanzt ...

Schwägerin Hertchen findet sich ein wenig getröstet. Wie leicht hätte der Bruder in russische Gefangenschaft getrabt sein können! Von den russischen Gefangenen hört man so gut wie *nischt nich*.

Ich entpuppe mich als einer der ungeschicktesten Spielzeughersteller, die je über die Erde gingen. Sohn Jarne und Neffe Gottliebchen wünschen sich je ein Holzpferd. Ein Holzpferd? Aber ja doch ja, was wäre ich für ein Vater, wenn ich nicht so etwas wie ein Pferd aus trockenem Holz herauslocken könnte!

Aber gefehlt, soviel ich mich auch mühe und mühe, ich bringe es nur zu zwei Gebilden, von dem das eine ein Seepferd und das andere ein Heupferd sein könnte, doch die Stangen hinter den Köpfen sind einwandfrei und glatt. Mein Trost ist: die Kerlchen werden mit ihrer Phantasie schon was aus den Schnitzwerken machen und werden auf Weihnachten durch den Schnee reiten.

Ich fahre mit Großvater nach Brause

Ich fahre mit Großvater nach Brause. Mutter will ihren Vorrat für die Weihnachts-Geschäftszeit aufstocken. Es ist Nachmittag. Kein Funken Sonnlicht ist zu sehen. Auf der Erde liegt Schnee, und am Himmel hängt Schnee. An Sträuchern und Gräsern klebt Reif und behauptet, er sei ein Geschwister vom weißen Samt.

Wir fahren durch das Gelände der Grube *Conrad*. Dort gibts einen Schnee, wie ihr ihn in eurem Leben noch nicht saht; nicht was seine Dichte und Höhe, sondern, was seine Farbe betrifft. Kohlenstaub bedeckt ihn, und die blache Erde sieht aus wie eine gepfefferte *Quarkschniete*.

Mir friert nich an die Beene uffn Woagen, prahlt Großvater. Mein Vater Heinrich müsse schon nach dem ersten Kilometer Fahrt vom Wagen und sich die Füße warmrennen.

Wie es mit meinen Füßen stünde, will Großvater wissen.

Ich habe kalte Füße, möchte einerseits warmfüßig sein wie Großvater, möchte andererseits aber nicht grob lügen und sage deshalb: Een Been friert ma, das andre is ma warm.

Großvater wundert sich über meine einbeinige Frostempfindlichkeit und wickelt mir die Kutscherdecke um die Füße. Er braucht sie nicht, er hat seine Bierkutscherschuhe mit den Holzsohlen an und hat seine Füße in Stroh vergraben.

Wir fahren durch Däben. Es ist lang. Es ist keine Stadt, aber ein Dorf ist es auch nicht mehr. Es enthält mehrere Glasschleifereien, einen Bahnhof, zwei Ärzte, die sind Konkurrenten, und es enthält einen Zahndoktor ohne Konkurrenz und eine Apotheke. In Däben gibt es viele Schaufenster. Das habe ich in einem Schulaufsatz über Däben geschrieben.

Die Däbener Geschäftsleute weisen in ihren Schaufenstern schon auf Weihnachten hin. Gern würde ich absteigen, um mir die Schaufenster näher zu besehen, aber Großvater *federt*, er will vorm Eindunkeln wieder daheim sein. Sobald es dämmert, wird unser Pferd unruhig und will nichts als galoppieren, um in seinen Stall zu kommen.

Na, ich sehe auch vom Wagen dies und jenes, zum Beispiel einen Mann aus Pappmaché, von der Größe eines hockenden Hundes. Der Mann nickt beständig auf die Leute hin. Das machen se elektrisch, erklärt Großvater. Er kennt so Pappmänner aus seiner Grodker Zeit. Es gäbe auch welche, die beständig den Kopf schütteln. Die eine Sorte sagt immerfort ja, die andere Sorte immerfort nein. Bis nu hoab ich noch keen son Kerl gesehn, der ne andere Meenung hutte, sagt Großvater.

In einem anderen Schaufenster steht ein Tannenbaum. Er ist mit elektrischen Kerzen gespickt. Das würde sich mir nicht wollen, sage ich zum Großvater, elektrisch riecht nicht nach Weihnachten.

Großvater weiß nicht, daß Weihnachten riechen muß. Er lacht laut. Die Leute auf der Straße wundern sich über uns.

Weihnachtstaumel

Die Weihnachtswaren, die meine Mutter von ihrer Expedition nach Grodk mitbrachte, schreien Tag und Nacht nach Käufern. Meine Mutter, die die Schreie hört, arbeitet zwei Nächte lang daran, alle *Kinkerlitzchen*, wie mein Vater herabmindernd sagt, mit Bleistift auszupreisen. Sie hat den Preis für jede Ware im Kopf, das hat sie, aber es ist angeordnet, ist Gendarmeriebefehl, die Waren haben *ausgezeichnet* zu sein.

Und alsbald fährt die dritte Nacht heran, in der die Mutter wachend und tätig einhergeht, und sie beschlagnahmt das große Brotregal, beschickt es mit nahrhaftem Kinderspielzeug und putzt das Schaufenster weihnachtlich aus. Uns ists verboten, Mutter in ihrem Weihnachtstaumel zu beobachten, auch durchs Schlüsselloch nicht. Wir gehorchen. Ich verabscheue es bis heute, durch Schlüssellöcher zu gucken, und wo die Weltpolitiker es von mir verlangen, wende ich mich ab.

Drei Nächte webt meine Mutter am Weihnachtsnetz, versieht es statt mit Tauperlen mit Tannenbaumkugeln und besetzt es mit flimmerndem E*ngelshaar* und Lametta. Am Morgen nach der dritten Nacht dürfen wir uns, bevor wir in die Schule gehen, das Weihnachtsgespinst ansehen. Das erscheint uns mehr als recht und billig. Sollen es andere Kinder vor uns tun und uns alles wegsehen?

Im Laufe des Tages entwickelt sich der unausbleibliche Weihnachtskrach zwischen meinen Eltern: Fünf Festungen ohne Soldaten! Was haste dir eegentlich dabei gedacht? fragt der Vater. Als alter *Zweeundfünfziger* kann er nicht zulassen, daß Festungen ohne Soldaten verkauft werden.

Das sind Märchenschlösser! behauptet die Mutter. Siehste nich die Heckenrosen an die Mauern?

Siehste nich die schwarz-weiß-rote Foahne uffn Turm?

Meine Mutter erschrickt. Sie schweigt ein Weilchen. Mein Vater betadelt die Puppenstuben ohne Mobiliar. Puppenstuben würden sich die Bergarbeiter selber aussägen, sagt er. Mobiliar, kleene

Schränkchen und Nachttöpfchen, damit hätte sich die Mutter bevorraten sollen.

Puppenstuben bauen? sagt die Mutter, die kriegen keen Kistenholz von mir.

Was wirschte man noch für Moaßnoahmen ausarbeiten, sagt der Vater. Ein Wort gibt das andere; eine Herausforderung folgt der anderen, bis mit eins der Vater eine der Festungen packt und auf den Ladenfliesen zerschmettert. Erst eine, dann noch eine, so wie damals, als er seine Rasier-Tasse nicht fand.

Die Folge: Ein neuer Todesfall meiner Mutter. Und da es um Weihnachten und um ihren Laden geht, bleibt sie auch nach ihrer Wiedergeburt noch eine Weile unversöhnlich. Sie muß vorbeugen: Wenn sie sich vor dem Bescherungs-Abend mit dem Vater versöhnen würde, wäre zeitlich noch Platz für einen zweiten Krach, dann nämlich, wenn der Vater zu sehen und zu wissen kriegt, wieviel Geld die Mutter für Geschenke ausgab.

Wir Kinder gehen die ganze Zeit geduckt umher, sehen der Mutter ins Gesicht und lesen darin den Satz: Na, das wolln wa doch mal sehn! Wir sehen unter Vaters rötlichen Bartstoppeln die Wangenmuskeln den ganzen Tag spielen, Vorzeichen neuerlicher Wut-Ausbrüche. Oder zerkaut der Vater Vorwürfe und Flüche, um nicht neue Zerwürfnisse zu stiften?

Meine Schwester und ich reißen uns nach der Schule um den Ladendienst. Bei Nußgold, Engelshaar, Christbaumwatte, Lametta und all den blitzbunten unschuldigen Weihnachtsdingen fühlen wir uns geschützt vor den anstehenden Familiengewittern. Fremde, Sehnsüchte erweckende Gerüche sind im Laden eingezogen. Duft von Lack und Lebkuchen, Schokoladen- und Fichtenduft, die Papierwolle verströmt arteigenen Duft, aus den Bilderbüchern duften die gedruckten Farben, der Leim, mit dem die Abziehbilder überzogen sind, hat seinen Duft. Düfte nebeneinander, Düfte übereinander, Düfte durcheinander, aber bis zum Fest verschwinden durch den täglichen Verkauf der bunten Weihnachtsdinge die meisten.

Manchen Bossdomer Mitkindern wird daheim schon vor der Schulweihnachtsfeier beschert. Sie kommen mit der neuen Mütze, der neuen Joppe, mit einer Trompete oder Knarre in die Weihnachtsvorstellung und zerren an unserer Vorfreude. Ich empfinde das als eine Weihnachtsentheiligung. Richtig Weihnachten wird nur bei uns gefeiert. Ich habe den Verdacht, daß auch die Hauskräche bei uns zum richtigen Weihnachtsfest gehörten.

Wenn wir in die Schulweihnachtsfeier gehen, sind die Hauskräche daheim noch in vollem Gange: Die Mutter ist mit dem Vater, der Vater mit dem Großvater, der Großvater mit der Großmutter verkracht, und doch wachsen auf diesem Gezänk wie Rosen auf Mist Familienweihnachtsfeiern, an die wir, wenn wir uns gehenlassen, mit Wehmut zurückdenken.

An Wochentagen wird Mutters Laden um sieben Uhr abends geschlossen. Bis acht Uhr kommen durch die Seitentür im Hausflur die *Kleckerkunden*. An Weihnachtsabenden kommen die Nachzügler bis neun Uhr. Wilmko Krautzig zum Beispiel hat sich schon am Nachmittag zur Feier des Festes einen angetrunken. Nun ist er ausgenüchtert und bemerkt, daß er noch kein Geschenk für seine Frau hat. Oder die geplagte Walikinne stellt am Abend fest, daß ihr das Geld nicht so gänzlich ausgegangen ist, wie sie befürchtete. Sie kommt zum Nachkauf, und meine Mutter verkauft unverdrossen, und jedes Mal, wenn sie nach hinten kommt, leitet sie vorsichtig Friedensverhandlungen mit dem Vater ein: Siehste, wieder ne Festung vakooft! sagt sie, und der Vater lockert sich, seine Wangenmuskeln hören auf zu spielen.

Ob der kleine Jesusknabe, auch Heiland genannt, nun wirklich am vierundzwanzigsten Dezember, zum Wotansfest der Germanen, geboren wurde oder nicht, seine fiktive Geburt wird von einem Teil der Menschheit alljährlich als ein Tag des Friedens gefeiert, sogar in Kriegen, die die Deutschen so gern veranstalten, wird Weihnachten zuweilen weniger geschossen. Überall einigermaßen Frieden, wenn sichs machen läßt! Bei uns redet die Anderthalbmeter-Großmutter auf den Großvater ein. Der will nicht hinunter in die Familienstube und sich dem Vater, mit dem er verkracht ist, vorführen. Er will *nich zu Kreize kriechen,* will auf seiner Ofenbank sitzen bleiben. Weihnachten feiere sich auch ohne ihn. Weihnachten feiert sich von alleene, sagt er.

Bis nich so krätig! sagt Kaschwalla. Willste denn die Kinder das Weihnachten zerstörn?

Noch keine Zusage vom Großvater.

Nach neun Uhr kommt meine Mutter, Geldscheine in beiden Fäusten, aus dem Laden: Ich soags ja immer, Heiligen Oabend looft das Geschäft am besten. Wieder ne Festung verkooft. Sie steckt meinem Vater die Zunge heraus. Der Vater lächelt. Nicht zu erkennen, worüber er sich freut, ob über Mutters lange Zunge (sie kann sich mit ihr die Nasenspitze belecken!) oder über Mutters geldgefüllte Fäuste. Vergeßt nicht, daß die kindischen Eltern Geldhäufchen, die aus dem Laden kommen, als ihren blanken Verdienst betrachten und keinen Augenblick daran denken, daß sie mit diesem Geld wieder Waren einkaufen müssen, daß ihnen keiner der Geldscheine eigentlich gehört.

Während der Weihnachtsaufführung träume ich, selbst wenn ich auf der Bühne agiere, von der Bescherung daheim, von den Überraschungen, die ich auf dem Weihnachtstische vorfinden werde, und sobald der letzte Ton unseres letzten Weihnachtsliedes gen Himmel gestiegen ist, renne ich heimzu, und ich möchte meine Träume überholen, möchte sie als Wirklichkeiten in den Händen halten. Aber im Hausflur fängt mich die Mutter ab: Noch lange nicht soweit! Eben ist der letzte Kunde gegangen. Ich muß hinauf in die Großeltern-Stube, und wir sitzen dort zusammen mit der Schwester, und es zeigt sich, daß ich meine Träume nicht überholte, sie haben mich eingeholt und überholt. Ein Glück, daß sie mir nicht böse sind, daß sie mich nicht verschmähen und wieder da sind.

Wir feilen und sägen am Starrsinn des Großvaters. Wir sagen ihm, daß wir weinen werden wie Hunde, die Musik hören, wenn er nicht mit uns zur Bescherung in die Weihnachtsstube hinuntergeht, und wir reden so lange auf ihn ein, bis er sein Chemisett umtut. Das ausgekugelte Familienleben renkt sich knarrend wieder ein.

Ich versag es mir, die Bescherung zu schildern. Sie verläuft bei uns gewissermaßen nach *Schnittmusterbogen* aus *Vobachs Modenzeitung fürs deutsche Haus. Die schönste Art, Weihnachten in der Familie zu feiern,* stand dort unter der Rubrik Ratschläge für den Haushalt.

Wir müssen Gedichte aufsagen, ehe wir uns mit den Geschenken befassen dürfen, und wir bleiben natürlich in den Gedichten stecken, stolpern weiter und bleiben wieder stecken, weil unsere Augen, statt ins *andächtige Publikum* zu sehen, nach seitwärts auf den Weihnachtstisch schielen. Ich stecke bis zu den Hüften in meinem erst halb aufgesagten Gedicht, und die Schwester muß um das Schullesebuch laufen, damit meine Mutter mich freisoufflieren kann. Obwohl meine Zuhörer zur Familie gehören, mindert mein Versagen zunächst meine Freude an den Geschenken; sie überzieht sich mit einer grauen Schicht Scham.

Meine Mutter, die *immer so mehr fürs Hipsche war,* wünschte sich als Weihnachtswunsch von mir einen Kasten mit Geräten für Brandmalerei. Sie hätte gern, daß ich meine Laubsägeprodukte mit Brandmalerei veredelte. Ich erfüllte ihr den Wunsch und wünschte mir den Kasten, aber eine gute Fee hielt ihn mir fern. Der Weihnachtsmann hatte in jenem Jahr, von dem ich rede, keine Brandmal-Kästen am Lager, und ich bekam einen Druckkasten.

Ein Druckkasten, Donnerwetter, der kam mir zupasse! Ich wollte schon lange ein Theaterstück schreiben. Die kleinen Veränderungen, die ich im Vorjahr an meiner Rolle im Weihnachtsspiel vornahm, hatten Lust in mir geweckt, selber ein ganzes Stück zu schreiben. Ich hatte an meiner Rolle ein wenig gemodelt und erreicht, daß das Publikum ein Weilchen auf meiner Seite war, daß es über das, was ich sagte und tat, lachte, und ich war überrascht von der Wirkung meines beiläufigen Eingriffs.

Das war vor Monaten, da buk meine Mutter Plinsen. Sie stand am Küchenherd, und ich sah ihr zu, und die Ladenglocke ging, und ich rannte zum Bedienen in den Laden, aber dort stand die Frau Baronin, die nur von der Mutter bedient sein wollte.

Die Mutter schob den Plinsentiegel mit der Butter zur Seite, und ich unterhielt mich eine Weile mit der zischenden Butter, klatschte einen Löffel Plinsenteig in den Tiegel, und die Butter schrie auf. Ich strich den Teig mit einem Löffel breit, wie ichs bei der Mutter gesehen hatte, und siehe: Die Naturgesetze funktionierten, und die Technologie des Plinsenbackens funktionierte auch unter meiner Obhut. Es entstanden Gebäckstücke, die von jedermann als *Plinsen* anerkannt wurden.

Jetzt nun glaube ich, die Naturgesetze und die Technologie des Theaterstückschreibens zu kennen, und ich hoffe auch auf deren Funktionieren unter meiner Obhut, zudem kann ich das Stück gleich drucken.

Allwie so mancher Jung-Poet, der sich vorgenommen hat, etwas zu schreiben, was die Öffentlichkeit aufhorchen machen soll, noch ehe er eine Zeile geschrieben hat, den Titel seines Werkes weiß, weiß auch ich, bevor ich einen Buchstaben von meinem Theaterstück geschrieben habe, den Tag und die Uhrzeit seiner Aufführung.

Ich drucke, ehe ich mich auf die Dichterei-Arbeit einlasse, erst einmal kleine Ankündigungsplakate, sogenannte Handzettel, auf denen zu lesen ist: Bis auf weiteres einmalige Aufführung des Dramas *Der Mann im Moor*. Bühnenstück mit bengalischer Beleuchtung in den Räumen der Firma Matt am Neujahrstage, acht Uhr abends. Der Dichter und Unternehmer Esau Matt.

Wenn ich unser Haus eine *Firma* nenne, so tue ich es, um das Wohlwollen meines Vaters für mein Unternehmen zu gewinnen. Er hört es gern, wenn man vom Laden und seiner Bäckerei sagt, sie seien eine *Firma*. Hinter dem Wort *Firma* verbirgt sich für den Vater etwas, was größer und feiner ist als ein Betrieb oder ein Anwesen.

Alsbald weiß ich, was ich in meinem Theaterstück behandeln werde. Die elektrischen Christbaum-Kerzen, die ich in Däben gesehen habe, fallen mir wieder ein, und meine Phantasie arbeitet übermächtig los:

Die ersten Sätze meines Stückes drucke ich mühselig mit den Gummibuchstaben meines Druckkastens zusammen. Das Drucken aber bremst meine Phantasie. Ich fürchte, es könnte Brems-Rauch aus meinem Kopfe aufsteigen. Außerdem drohen, wie man heute sagen würde, Terminschwierigkeiten. Der Neujahrstag kommt ran, der Neujahrstag!

An einem Abend zwischen Weihnachten und Silvester ist das Stück fertig. Natürlich halte ich, was ich schrieb, wie die meisten jungen Autoren, für das beste, was auf diesem Gebiete je geschrieben wurde, nur, daß ich das als Geheimnis für mich behalte und nicht von mir wegplaudere. Die Leute werdens ja feststellen, sie werdens ja sehen:

In einer Kossäten-Küche unterhalten sich Frau und Mann. Der Mann will in die Stadt und unbedingt elektrische Christbaumkerzen kaufen. Was das wieder kostet! sagt die Frau. Der Mann erinnert sie, daß beim übernächsten Nachbarn voriges Jahr der Baum Feuer fing und die Gardinen in Brand steckte. Mein Gott, das kommt eenzlich vor, sagt die Frau.

Der Mann läßt sich nicht halten, mögen die elektrischen Kerzen kosten, was sie wollen, ein abgebrannter Hof, eine abgebrannte Scheune kosten mehr! Er macht sich auf den Weg, kommt ins Schneetreiben, und ein Irrlicht führt ihn ins Moor. Kurz vor dem Ertrinken rettet ihn ein anderer Bauer, der mit einer Laterne des Weges kommt. In der Laterne flackert fleißig eine Christbaumkerze, und der Mann im Moor versteht, was gemeint ist.

Der erste Mensch, der mein Stück zu hören bekommt, ist meine Schwester. Was die Lakmusstäbchen beim Prüfen von Chemikalien, sind die Leute, die sich Geschriebenes in der literarischen Küche anhören. Meiner Schwester ist nicht nur die Rolle der *Frau am Herd* zugedacht, sie soll das Stück am besten fünfmal abschreiben, damit jeder Schauspieler ein Rollen-Exemplar bekommt. Beim Abschreiben sehe ich der Schwester über die Schulter, und ich finde hie eine Stelle und da eine Stelle, die schon nach zwei Tagen verbessert werden müssen. Vor zwei Tagen hat mir noch alles um und um gefallen, aber nun bin ich zwei Tage älter und ein anderer Mensch geworden. Meine Schwester will, daß ich einige Kraftausdrücke, die zu ihrer Rolle gehören, streiche. Nein, sie wird keineswegs, auch im Theaterstück nicht, vor allen Leuten zu ihrem Mann sagen: Scheuß dir nich ein mit deiner Feuer-Angst!

Ich weiß damals noch nicht, daß jede Diva Ansprüche stellt und um Textänderungen einkommt, und daß sie angehört wird, wenn sie dem Herzen des Regisseurs oder des Dichters nahesteht. Meine Diva steht mir nur schwesterlich nahe. Ich streite lange mit ihr, und ich muß erst drohen, ich werde ihre Rolle Matschkens Emmka übertragen, da verstummt die Schwester und schreibt weiter ab.

Alsdann erlebe ich die Unfreuden eines Regisseurs: Woher das Moor nehmen, in das mein elektrokerzensüchtiger Heldendarsteller hineinfallen muß, jener Mann, den ich natürlich selber spielen werde? Ich muß ihn selber spielen, weil ich Sastupeits Alfredko nicht zutraue, daß er nach einem Sturz ins Moor dem Publikum beibringen kann, er sei jetzt bekehrt und bereit, von Elektro- auf Stearinkerzen zurückzusteigen.

Ja, das Moor, meine Herrschaften, es macht mir zu schaffen! Ich gehe als Regisseur, der ich jetzt bin, alle Möglichkeiten durch. Eigentlich wollten wir unser Stück in der Guten Stube spielen, und die Zuschauer sollten im Wohnzimmer sitzen. Aber wie in der Guten Stube ein Moor herstellen, ohne ein entsprechendes Loch in den Dielen auszusägen? Da ich bei Rumposch in der Erdkunde-Stunde erfuhr, daß es auch Hochmoore gibt, erwäge ich, ob ich es nicht mit einem Hochmoor versuchen soll. Ich kann die hölzerne Waschwanne meiner Anderthalbmeter-Großmutter mit Laubreisig und Moos kaschieren. Meine Schwester berichtet der Mutter von meinem Vorhaben. Was? Ihre Gute Stube ein Moosberg, ein Reisighaufen? Nichts wird draus!

Vielleicht mußte das Stück gar nicht gespielt werden? Konnte ich nicht meine Mutter bitten, für jeden Zuschauer etwas Kuchen und ein Tässchen Malzkaffee im Hinterhalt zu haben, und konnten die Zuschauer, mit diesen Zutaten ausgerüstet, nicht stillesitzen und sich das Stück durchlesen, und konnten sie nicht Beifall klatschen, wenn sie das Stück zu Ende gelesen hatten? Für zwei Stunden erhitzte mich dieser Plan, danach durchkreuzte ihn meine Phantasie, auch Vorausschau genannt. Ich höre meinen Onkel Ernst sagen: Bein Teibel, ich hoab meine Brille nich mit! Und ich höre die Nachbar Lehnigken sagen: Jesus, die Schrift, was die Kinder jetzt in Schule lernen tun, will sich mir nich lesen! Zudem ließ mich mein dramatischer Instinkt erst leise, dann eindringlich wissen, daß sich mein Anliegen nur in die Zuschauer einbohren würde, wenn der Mann, also ich, in das ihm zugedachte Moor hineinfällt und nur mit Mühe und Not gerettet wird.

Ich bin zum Sklaven meines Stückes geworden. Es liegt fertig ausgedacht und geschrieben da und sendet seine Forderungen, schon mehr Befehle, aus. Hätte ich den Mann nicht lieber unter einen Baum kommen lassen sollen, der im Schneesturm umkippt? Aber wie einen Baum, der die Mächtigkeit hat, einen Mann unter sich zu begraben, in der Guten Stube aufstellen?

Endlich zeigt sich die Rettung: Wir haben ja ein Loch im Hause! Es ist, als hätte sich meine unermüdliche Phantasie dieses Loch gebohrt, aber nein, das Loch ist schon immer da, ein wunderbares Loch, die Fußgrube vor unserem Backofen.

Und wie das so ist, hat der Poet erst einmal die richtige Idee, dann zeigt sich ihm alles, was diese Idee zu ihrer Verwirklichung benötigt, sie bringt es mit sich, oder sie zieht es nach sich: Nachdem sich mir die Fußgrube vor dem Backofen aufgetan hat, bietet sich der Zuschauer-Raum mit Rängen von selber an: Es führen fünf steinerne Stufen von der Küche zur Backstube hinunter. Ich kann die Stufen mit Säcken auslegen, und unsere Zuschauer können darauf Platz nehmen. Für unsere Mutter, die in ihrer Breite eine ganze Treppenstufe für sich benötigen würde, werde ich rechts von der Szene einen Korbstuhl aufstellen, Ehrenloge.

Die Hauptakteure stehen fest: Meine Schwester und ich, das Irrlicht – Sastupeits Alfredko, der Mann mit der Kerzenlaterne – Lehnigks Richardko. Einen Souffleur brauchen wir nicht. Ich habe mein Stück im Kopf und bin als Hauptdarsteller vom Anfang bis zum Ende dabei. Ich kann jederzeit aushelfen, wenn ein Darsteller steckenbleibt. Ich flüstere einem steckengebliebenen Mitspieler zu, was er zu sagen hat, und wenn er mein Flüstern nicht versteht, werde ich sagen, was er zu sagen hat.

Das Eberholz

Der Frost glitzerte. Das Gras erfror. In der Nacht flogen die Graugänse über den Hof. Wir sahen sie nicht, doch wir hörten den Leitganter an der Spitze des Flugkeils: »Hier entlang! Hier entlang!«

»Wie das friert! Wie das friert!« antworteten die Gänse. Wer das Gespräch der einsamen Vögel unterm Sternenhimmel gehört hatte, ging gern in die Stube an den Kachelofen, um Briefe und Geschichten zu schreiben. Der Winter konnte uns in unserer kleinen Kate nicht kriegen. Wir hatten trockenes Holz, das im Ofen knackte. An den Nachmittagen holten wir immer noch Holz heran. Mit dem leichten Pedro und dem neuen gummibereiften Wagen konnten wir auch Wege befahren, die die Bauernkutscher mieden. Manches Stück Feuerholz lag zwischen den Sümpfen und reckte die knorrigen Ast-Arme aus: »Nehmt mich mit. Ich mach euch ein schönes Ofengesumm, koch euch Kartoffeln und back euch Plinsen!«

Wenn ich mit Pedro ins Holz fuhr, war er zugleich mein Spürhund. Wo die Spur eines Wildschweins unseren Weg kreuzte, schnaubte und schnarchte er. Manchmal fürchtete er sich, versuchte umzukehren und heim zu hetzen. Das hätte ausgesehn: Ohne Holz nach Hause, weil wir uns vor Wildschweinen fürchten! Ich sprang vom Wagen, klopfte dem Hengst den Hals und raunte ihm meine Zauberformel zu: »Ruhig, ruhig, tut nix!« Pedro ließ sich am Zügel über die Wildschweinfährte hinwegführen. Er schaute sich noch einmal um, schnaubte, rollte furchtvoll die Augen und ging weiter.

Ich lud Holz zwischen den großen Seen. Die Erde trug dort einen dünnen Schneeschleier. Es dämmerte. Der Himmel hinter den windzerwühlten Kiefern war eine Sonnenlohe. Der weiße Wintertag ging ins rote Seidenbett.

Ich trug Holz zusammen. Pedro knabberte Heu aus dem Sack. Das scheugrüne Heu duftete in der Frostluft. Der Duft schürte meine Sommersehnsucht. Der Hengst wurde unruhig. Ich wies ihn aus dem Wald heraus zurecht. Die Zurechtweisung hielt nicht lange vor. Pedro stampfte mit den Vorderfüßen. Der Heusack kullerte wie ein großer Fußball davon. Ich wurde böse. »Solln wir bis zum Mondschein Holz laden?« Pedro zerrte am angebremsten Wagen. Ich rannte hinzu, das Geschirr vorm Zerreißen zu schützen. Kaum hielt ich den Hengst beim Zügel, da knackte und rauschte es im Walddickicht. Ein großer Wildschwein-Eber polterte über den Weg. Pedro zitterte. Weshalb sollte er nicht? Er ist ein kleiner Hengst. Dort trottete ein Riesen-Eber mit säbeligen Hauern. Selbst die mutigsten Waldleute redeten mit Respekt von diesem Über-Eber. Er schien das zu wissen. Er hatte es gar nicht eilig; er hob die Nase, zwinkerte wie ein kurzsichtiger Großvater zu uns herüber, drehte sich dann jäh um und zeigte uns sein verdrecktes Hinterteil.

»Weiter kann er nichts«, sagte ich und klopfte Pedro beruhigend den Hals. »Wir hätten ihm eine hinten draufklatschen solln.« Pedro vertraute mir und meinem großspurigen Gerede nicht. Ganz wohl war auch mir nicht, als ich den Borstenkamm auf dem Eberrücken sah. Erst als das Ebervieh uns den zahnlosen Teil seines Körpers zuwandte, kletterte mein Mut aus der Weste. Ich sprang auf den Wagen und gab Pedro frei. Der Schnee stob. Das Holz auf dem Wagen rappelte. Die Fuhre wurde kleiner. Sie verlor sich. Eine Viertelstunde später kamen wir daheim auf dem Hofe an.

»Wolltet ihr nicht Holz holen?« fragte meine Frau.

»Ja, wir holten Eberholz. Es sprang uns unterwegs vom Wagen.«

Neue Nachrichten vom Eis

Wenn im Mittwinter die Kälte zunimmt, zieht sich das Eis auf den Seen zusammen, und es ist, als wälzte sich ein eingefrorener Riese auf dem Seegrunde. Sein Ächzen und Stöhnen hallt durch die Nacht, und in der Eisdecke tun sich Risse auf. Der Wintermond steht ungerührt über den Kiefern, und die Kiefern glitzern im Rauhreif, und manchmal spellt eine im Frost, als ob sie vor Mitgefühl mit dem stöhnenden Riesen zerspränge.

Wenn im März die stärker gewordenen Strahlen der Sonne auf die Seen prallen, erwärmt sich deren Wasser, dehnt sich, drückt und nagt, und es gluckst unterm Eis, als wären die Unken schon erwacht. Je höher die Sonne steigt, desto eindringlicher wird das unkende Klingen. Man hört es bis tief in den Wald hinein: Der Seefrühling beginnt.

Eine Woche später sind die Seen aufgetaut, nur

an ihren Rändern sitzt noch eine morsche zerzackte Eisschicht. Die Wellen des offenen Wassers treffen auf das Rand-Eis und setzen es in Schwingungen. Das ergibt Töne wie Glockengeläut, dumpf, dort wo das Eis noch dick, hell von dort her, wo es dünn ist. Physik und Musik im tauenden See. Aus der Ferne hört sich das Eisklingen wie das Geläut einer wandernden Viehherde an, einer endlosen Herde, die den ganzen Tag durch die Wälder zieht.

Erst in der Dämmerung, wenn die Winde sich legen, wenn die Wellen wieder nur Wasser heißen, wie der Mensch nach dem Tode Materie heißt, herrscht die gewohnte Stille in den Wäldern; Stille am Himmel und Stille auf dem Wasser, und das Knacken eines Zweiges, auf den wir treten, wird zu einem großen Geräusch.

Der Napfkuchen

Einige Tage vor Weihnachten (ist es nötig zu sagen, wie viele Tage? Ist die Zeit etwas Wirkliches? Messen wir sie nicht nur an unseren Runzeln?) bringen mir die Tinkos auf Abend zwei Napfkuchen zum Abbacken durch die Dezemberfinsternis geschleppt. Ihr kennt solche Kuchen vielleicht als Topfkuchen oder gar als Gugelhupf, aber damit könnt ihr keinem Bossdomer kommen. Es sind abgeriebene Napfkuchen.

Der Backofen hat aufgehört, heiß und giftig zu sein, er ist im rechten Zustand, Elviras Napfkuchen abzuschmoren, ebenso wie Plätzchen aus Mürbteig, wenn es die gäbte. Die Tinkos bleiben feierlich stehn, bis ich ihre Napfkuchen in den Ofen geschoben habe. Das ärgert mich. Ist hier ein Krematorium?

Ich fege die Backstube, knie nieder, weil mein

Kreuz sich nicht mehr so krümmen will, wie es soll. Ich fege den Mehlstaub unter den Beuten hervor, das Fußmehl. Selbst wenn man in fünf Zentimeter Höhe schwebend, wie einer von der niederen Engelsorte, in der Backstube arbeiten würde, es ließe sich nicht vermeiden, daß *Fußmehl* entsteht. Es wird gesammelt und von Zeit zu Zeit zu Hühner- oder Schweinebrot verbacken. Alsdann richte ich mir auf dem Tisch unter dem Fenster meine Schreiberwerkstatt ein. Oh, hätte ichs an diesem Tage nicht getan! Ich schließe eine imaginäre Tür hinter mir und steige in mein Aufschreiber-Leben. Nach zwei Stunden wird mir die Erkenntnis, daß Napfkuchen auch in einem halb ausgekühlten Backofen zu Kohle werden können. Eigentlich muß ich entsetzt sein, aber ich bin es nur halb.

Während die Napfkuchen verbrannten, gelang mir beim Schreiben eine Passage, und die Tatsache steckt nun als ein Glücksgefühl in mir, das sich durch zwei verbrannte Kuchen nicht zersetzen läßt. Ich bespreche die Angelegenheit mit der Mutter, beschimpfe meine Vergeßlichkeit und höre die Mutter sagen: Da wern wa vom Deibel seine Frau geschrubbt wern. Ich kann feststellen, daß noch Mutterliebe für mich übriggeblieben ist. Die Mutter wächst über sich hinaus, sie empfiehlt mir, nach einer kurzen Kalkulation, einen neuen Teig für Napfkuchen einzurühren. Die Zutaten liefert sie, das heißt, sie besiegt ihre Kuchengier und verzichtet auf eine von ihren Weihnachtsstollen.

Aber da ist Elvira schon ran. Sie verstrahlt Liebenswürdigkeit wie die englische Königin, wenn sie unters Volk geht. Es ist ihr daheim soeben gelungen, ein halbes Stück echter Kernseife, das sie bei ihrer Geschäftsreise erntete, gegen eine Flasche Bergmannsschnaps einzutauschen. Habe ich schon erzählt, daß die Mode aufgekommen war, die Bergleute mit Schnapsdeputaten anzufeuern, wild auf die Kohle loszugehen, wahrscheinlich unter der stillen Voraussetzung, daß Schnaps die Mannskräfte vervielfältigt. Aus dieser Bergmanns-Schnaps-Mode, von den russischen Besatzer-Freunden eingeführt, wurde, sofern man den Schnaps nicht vertrank, eine der Währungen, von denen ich erzählte.

Elvira zeigt ihre ausgezeichneten Zähne, läßt ihre Augen kullern, erzeugt Wellen, die Sympathie in mir erzeugen sollen, und sagt so einladend sie kann, ich möge mir in den Weihnachtsfeiertagen das Nest besehen kommen, das sie und Tinko sich eingerichtet haben, eine Tasse echten Bohnenkaffee bei ihnen trinken und ein Stück Napfkuchen dazu essen.

Ich versuche mit einer Liebenswürdigkeit, die mit der von Elvira auf gleicher Höhe liegt, den verkohlten Kuchen anzufahren und mich schuldig zu bekennen. Eine dicke dunkelblaue Gewitterwolke zerbricht, es fängt an zu hageln. Für Elvira werde ich so schwarz wie die verbrannten Napfkuchen. Das haste extra gemacht, du Hundehund! In Elviras Stimme gehen Wellen des Zorns um: Das haste nich umsonst gemacht! Meine Mutter versucht mich zu verteidigen. Mein Gott, sagt sie, der Mensch is nich immer so beisammen, wie er sein soll; een jedes kann moal was vergessen.

Aber keene Kuchen im Ofen. Elvira klappert mit den Zähnen wie eine wütende Ratte. Der Bock denkt an nischt wie an seine Weiber! Vom Hundehund, der ich war, bin ich zum Bock geworden, und ich werde zum Bullen und zum Hengst, zum Wüstling und zum Vielweiberer. Erstaunlich, welche Worte Elvira zur Verfügung stehen, um meine Potenz zu kennzeichnen. Freilich verfügen auch eifersüchtige Männer über die Fähigkeit, Frauen zu beunflaten. Ich sage das, um nicht für einen Emanzipationsgegner gehalten zu werden, für einen Macho, modern gesagt. Trotzdem bin ich erstaunt, daß ich der Mann bin, der durch sein bedächtiges Dasein eine solche Eifersucht bei Elvira erzeugen kann.

Meine Mutter versucht noch einmal, die rasende Schwägerin zu besänftigen. Sie bietet ihr die Zutaten für Ersatznapfkuchen; sie bietet ihr, unselbstsüchtig, sogar überdies Rosinen an. Ersatz, Ersatz, höhnt Elvira. Was weeßt du, was in meine Abgeriebenen alles drinne woar. Meine Mutter wird abgeschmettert. Elvira stürzt sich wieder auf mich, und jetzt bin ich für sie ein Hurer, und sie wirft mir einen der verbrannten Napfkuchen vor die Füße. Die Napfkuchenform zerklirrt.

Quellennachweis

»Der Weihnachtsmann in der Lumpenkiste«, aus: Erwin Strittmatter, 3/4hundert Kleingeschichten. Aufbau-Verlag Berlin und Weimar 1971.

»Das Silberpferd steht im verschneiten Wald«, aus: Erwin Strittmatter, Pony Pedro. Aufbau Taschenbuch Verlag GmbH, Berlin 1999.

»Weihnachten zieht vorüber«, aus: Erwin Strittmatter, Tinko. Roman. (Auszug S. 285–295) Der Kinderbuch Verlag, Berlin 1954. Titel der Textpassage stammt vom Herausgeber.

»Hasen über den Zaun«, aus: Erwin Strittmatter, Ein Dienstag im September. 16 Romane im Stenogramm. Aufbau-Verlag Berlin und Weimar 1969.

»Der Werbeunfall«, aus: Erwin Strittmatter, Schulzenhofer Kramkalender. Aufbau-Verlag Berlin und Weimar 1989.

»Ponyweihnacht«, aus: Erwin Strittmatter, 3/4hundert Kleingeschichten. Aufbau-Verlag Berlin und Weimar 1971.

»Spuren«, aus: Erwin Strittmatter, Schulzenhofer Kramkalender. Aufbau-Verlag Berlin und Weimar 1989.

»Großmutter und die Sperlinge«, aus: Erwin Strittmatter, Wahre Geschichten aller Ard(t). Aus Tagebüchern. Aufbau-Verlag Berlin und Weimar 1982.

»Das Pony-Karussell«, aus: Erwin Strittmatter, Pony Pedro. Aufbau Taschenbuch Verlag GmbH, Berlin 1999.

»Der Hahnenschritt«, aus: Erwin Strittmatter, Schulzenhofer Kramkalender. Aufbau-Verlag Berlin und Weimar 1989.

»Ich weiß nicht, ob Weihnachten herankommt«, aus: Erwin Strittmatter, Der Laden. Roman – Dritter Teil. (Auszug S. 109–111) Aufbau-Verlag Berlin und Weimar 1992. Titel der Textpassage stammt vom Herausgeber.

»Ich fahre mit dem Großvater nach Brause«, aus: Erwin Strittmatter, Der Laden. Roman – Erster Teil. (Auszug S. 416/417). Aufbau-Verlag Berlin und Weimar 1983. Titel der Textpassage stammt vom Herausgeber.

»Weihnachtstaumel«, aus: Erwin Strittmatter, Der Laden. Roman – Erster Teil. (Auszug S. 434–443) Aufbau-Verlag Berlin und Weimar 1983. Titel der Textpassage stammt vom Herausgeber.

»Das Eberholz«, aus: Erwin Strittmatter, Pony Pedro. Aufbau Taschenbuch Verlag GmbH, Berlin 1999.

»Neue Nachrichten vom Eis«, aus: Erwin Strittmatter, 3/4hundert Kleingeschichten. Aufbau-Verlag Berlin und Weimar 1971.

»Der Napfkuchen«, aus: Erwin Strittmatter, Der Laden. Roman – Dritter Teil. (Auszug S. 112–115) Aufbau-Verlag Berlin und Weimar 1992. Titel der Textpassage stammt vom Herausgeber.

Weihnachten mit Goethe

Herausgegeben von Jens Dittmar
142 Seiten, gebunden
ISBN 3-351-02906-3

Anders als im Werke Schillers hat das Weihnachtsfest bei Goethe immer eine besondere Rolle gespielt. Weihnachten war für ihn das Fest der Besinnung und der wahrhaft schönen Dinge. So erzählt er etwa im »Wilhelm Meister« von einem wunderbaren Puppenspiel am Weihnachtsabend und berichtet in der »Italienischen Reise« über die ungewöhnlichen Krippen von Neapel. Auch in Briefen und Tagebucheintragungen hat sich der Dichter auf teils amüsante, teils hintergründige Art und Weise mit dem Weihnachtsfest beschäftigt.

Aufbau-Verlag

Weihnachten mit Fontane

Herausgegeben von Jens Dittmar
144 Seiten, gebunden
ISBN 3-351-02905-5

»Die Weihnachtszeit ist wieder da,
Mit Tannen und Lichtern,
Ich stünde gern als Herr Papa,
Unter lachenden Gesichtern.«

Weihnachten im Hause Fontane bedeutete nicht nur Tage gepflegter Bürgerlichkeit, sondern war auch ein Fest der Erinnerung und der Sehnsucht. In seinen Gedichten und Briefen, aber auch in seinen großen Romanen wie »Effi Briest« oder »Der Stechlin« beschreibt Fontane den unnachahmlichen Zauber des Weihnachtsfestes. Tagebuchnotizen, die den Dichter in einem ganz besonderen Licht zeigen, runden diesen Band ab.

Aufbau-Verlag